Passions étrangères

Du même auteur

Québec, mon amour,
éditions Publibook, 2007

Patrice Charrais

Passions étrangères

Publibook

Retrouvez notre catalogue sur le site des Éditions Publibook :

http://www.publibook.com

Éditions Publibook
14, rue des Volontaires
75015 PARIS – France
Tél. : +33 (0)1 53 69 65 55

IDDN.FR.010.0113745.000.R.P.2009.030.40000

Cet ouvrage a fait l'objet d'une première publication aux Éditions Publibook en 2009

Ceci est une œuvre de fiction.

Les personnages et les situations décrits dans ce livre sont purement imaginaires : toute ressemblance avec des personnages ou des événements existant ou ayant existé ne serait que pure coïncidence.

Trop tard,
nous nous sommes rencontrés trop tard.
Sur le sentier épineux de la vie,
trop loin déjà,
nous a emportés la roue des temps,
que rien n'arrête.

Sissi
(Elisabeth – Impératrice d'Autriche)

Vivre et aimer
sont les deux plus beaux mots
de la langue française.
Conjuguez les à tous les temps.
L'important, c'est d'être en amour.

Patrice Charrais

Pour Laure-Hélène,
Ecris, il en restera
toujours quelque chose !
Bon voyage
sur les chemins amoureux...
de "Belles étrangères".
Charrais, 30/4/2011
le Pecq
Patrice Charrais.

A mes histoires d'amour sincères,
à toutes les femmes qui ont été
« les rayons de soleil de ma vie. »

En souvenir de
ma grand-mère, Odette,
qui m'a transmis pour héritage,
avec un trèfle à quatre feuilles
et, un brin de muguet à treize clochettes :
« l'esprit d'amour. »

Romance à Galway

Le chemin de trèfle

Le chemin de trèfle s'ouvre devant Patrick en ce mois de mai. Sur le chemin de saint Patrick, le vert encadre sa solitude de l'âme, pour entendre en lui les notes de sa vie nouvelle. Le vert se fait douceur sous un oranger dans le blanc d'un ciel incertain. Le « public house », jette sur lui son emprise. La chaleur, du feu de cheminée, l'enveloppe du syndrome de « l'homme tranquille », dans ce pub où flotte l'âme irlandaise. Sur un sentier magique, avec les innombrables chants de la nature, le romantisme irlandais accueille son exil intérieur, au château d'Ashford. « Ireland, it's his spiritual peace ! » L'Irlande, c'est sa paix de l'âme !

« Voyageur-solitaire », Patrick cherche à donner du voyage à sa vie. Son passé à la place du passé, dorénavant, il peut vivre pleinement le présent. Il se venge du passé sur l'avenir. Ne possédant rien, il escompte tout. Niant le danger, l'inquiétude et le besoin, il affirme la paix, la sécurité et le rassasiement. A l'auberge, il trouve « le repos du guerrier. » A l'aéroport, au port, à la gare, c'est la fascination de l'attente. L'espace vaincu, la bataille gagnée, oubliant les promesses de bonheur dont il enchantait ses jours de détresse, il se découvre soudain, et très vite, las d'une « liberté en cage » ; il soupire après sa « prison sans barreaux » : un beau matin, il reprend le large. Les ailes le portent, l'étoile le guide. Il profite d'aujourd'hui, pour ne pas regretter demain. C'est la vie ! Elle est belle la vie. Plus belle la vie ! Elle est plus que belle.

Partir, partir, non ne pas lutter. On ne peut pas découvrir de nouveaux océans tant que l'on n'a pas le courage de perdre de vue la plage ! Partir, partir, non ne pas se retourner. « Tomorrow is another day ! » Demain est un autre jour !

Galway ! Il ne savait pas à la préparation de son voyage, où il rencontrerait son coup de cœur pour l'Irlande. Un 13 juin… Galway ! Cela l'a pris par surprise dans une auberge de jeunesse, le Kinlay House, un de ces « carrefours des solitudes » prés de Eyre Square.

Depuis longtemps, Patrick, tel un solitaire, échafaudait son destin dans l'ombre, par des vertus qu'il tenait secrètes. Dans cette ville, il pensa à son âge, quarante six ans. Il savait, aujourd'hui, qu'en Irlande, il ne souffrirait pas de regrets et, de nostalgie, ni pour son Poitou natal, ni pour la France, pays de son enfance. Néanmoins, il découvrit en même temps qu'un ordre des choses venait de se rompre. Il pensa que son grand tort avait été de trop aimer les idées et pas assez les hommes. Pourtant, dans bien des circonstances, il avait souvent répondu présent ! Mais l'ingratitude avait gagné tous les rouages de la société de son pays.

A la rencontre de Mary, le temps s'est arrêté. Son temps s'est arrêté en Irlande. « Ce qu'il y a de plus étonnant dans l'amour, c'est le premier pas », aujourd'hui il n'en contredit point Stendhal. Et, Mary avait fait le premier pas, en faisant l'effort de parler en français. Alors, il lui avait suffi de faire l'autre moitié du chemin en parlant en anglais !

Pour se rencontrer, il suffit simplement à chacun de faire un pas vers l'autre. Est-ce simple ou difficile ? C'est si simple de faire un pas ! Ici, auprès de sa « blonderousse », à la recherche du trousseau des « 7 clés du bonheur » pour ouvrir ensemble leur porte du bonheur, il pourrait vivre heureux. Peut-être ! Pensa-t-il.

« Never forget ; enjoy the life ! » N'oubliez jamais, appréciez la vie ! N'oublie jamais, c'est toi l'auteur du grand livre de ta vie, pensa-t-il. Roman d'aventures, roman d'amour, mélange tous les styles. La liberté, c'est vivre chaque moment spontanément, intensément ! La liberté, c'est aller au bout de ses rêves !

Mary, once seen, never forgotten.
Mary, une fois vue, jamais oubliée.
O' Mary, tease me again.
O' Mary, taquine-moi encore…

Quel que soit le temps, Patrick vivait en sa compagnie des moments uniques, spontanés et intenses. Il était décidé de revenir en Irlande. Il avait marché sur les pas de saint Patrick. A marcher sur les chemins d'Irlande, sous ses pas, il avait perçu les esprits et les mythes de cette terre. Au détour du Shannon, au fond des vallées, au bord des lacs du Connemara, au sommet du mont Patrick, au bord des falaises du Moher… il avait entendu les musiques et les chants qui racontent l'Irlande. Envahi d'un calme intérieur, il avait compris qu'il se trouvait dans un lieu magique. L'esprit du passé était présent en tous lieux. Le passé était un esprit vivant, les montagnes se dressaient telles des sentinelles. Il avait flirté avec la beauté. Avec Mary, il avait aimé avec la beauté irlandaise. Il avait laissé un peu de son cœur en Irlande ! Il était venu juste à temps pour prendre du bon temps. Son esprit se sentait chez lui… en Irlande. Son passé à la place du passé, son présent se dressait tel un soldat de l'I.R.A, l'armée révolutionnaire irlandaise.

Que les fuchsias sont belles. Dessine-moi un mouton… sur un tapis vert irlandais ! Au pied des falaises, entre le bleu-vert de la mer et le bleu-blanc du ciel, le rose se marie avec le rouge, le jaune, le mauve et le blanc sur un tapis vert. Un arc-en-ciel pour seul témoin, avec une symphonie musicale pour compagnie, pendant que l'Atlantique fouette les falaises irlandaises, « Irlande, mon amour », s'inscrivit alors, en lettres d'or, dans le bleu-blanc du ciel. Quel que soit le temps, Patrick su à cet instant qu'il reviendrait sur le chemin de trèfle… en Irlande.

Come on

De retour en France, le souvenir de Mary ne le quittait plus. Patrick éprouvait une angoisse de plus en plus grande de ne pas l'avoir à ses côtés. Comment oublier ces jours heureux, alors que son visage et son expression éclairaient ses nuits. Le sentiment qui l'animait dans ces derniers jours de juin ne s'était pas produit depuis longtemps déjà. Il se sentait comme illuminé d'un nouvel amour, d'un amour tendresse.

Mary, my peace of mind,
Mary, my case of my heart,
Mary, my rainbow of Irish life.
The blue of your eyes,
The red of your lips,
The rose of your cheeks,
The white of your belly,
The blond of your hairs.

O' Mary tease me again.
Your smile which soothes my senses,
Your laugh to awaken my life.
O' Mary tease me again.

It's OK, Come on !
It's OK, Come on !

Le goût sucré de tes lèvres pour plaisir,
Ton rire pour gaieté,
Ton sourire pour paix,
Tes yeux pour océan…
O' Mary, j'aime à me noyer dans le bleu de tes yeux.

It's OK, Come on !
It's OK, Come on !

J'aime que nos deux corps ne fassent plus qu'un.
J'aime que le feu de tes cheveux réchauffe mon être.
O' Mary, mon arc-en-ciel de vie irlandaise.

O' Mary, once seen, never forgotten.
Don't forget, enjoy the life.
It's OK, Come on !

Ce 3 juillet, « Ulysse » de la compagnie « Irish Ferries » glissait sur la mer d'Irlande. Il s'en allait retrouver la jeune fille de Cork.

Galway, la cathédrale, les canards et les cygnes, le quai promenade le long de la rivière Corrib. Galway rejoignait le rang des villes romantiques qu'il avait précédemment parcouru. La cathédrale de Galway et la chapelle Sainte-Mary leur offrent leur protection. C'est comme si, depuis ses chemins de saint Jacques de Compostelle, d'Assise et, de Rome, les cathédrales se faisaient protectrices de ses amours sur ses chemins d'étoiles et, de paix. Au bout de quelques jours, Patrick se sentait irlandais. Il pensait en irlandais. Sa voix se modifia, sa pensée se dilua et quelques-unes de ses angoisses cessèrent. Il se plut à Galway et décida de s'y fixer. La ville convenait à sa nouvelle vie faite de quiétude et de sérénité, en lui permettant d'oublier son passé. Il arborait, comme une marque de porte-chance l'accompagnant, un trèfle vert irlandais fixé à son porte-monnaie, acquis à Dubrovnik, qui allait marquer à jamais, à compter de ce voyage, le destin de sa légende personnelle. Il avait acquis ce réflexe lors de précédents voyages. En souvenir d'une très belle rencontre « favorable » sur le chemin de Sarajevo, une épinglette du drapeau canadien ne l'avait plus quitté, jusqu'à l'accomplissement de son rêve québécois. Depuis l'aboutissement de son chemin de saint Jacques de Compostelle, la coquille l'accompagnera jusqu'aux portes de Jérusalem, comme pour conjurer le sort et, appeler d'autres signes favorables à la poursuite de sa légende personnelle. Il y a des événements et des personnes qui vous raccourcissent la vie. Il faut toujours se réjouir de la rencontre des personnes et des événements qui vous prolongent la vie. Un pays, un lieu, un mot, un vécu ensemble, un objet échangé, ils prolongent tous les souvenirs d'hier pour gagner nos combats de demain.

Allongés sur l'herbe fraîchement coupée, ils s'abandonnent ensemble dans les confidences de leurs vies, simplement, tout simplement. Ils se lancent dans l'expression de leurs rêves, de leurs espoirs, de leurs déceptions. Mary était bien. « It's OK ! » Patrick était bien. Patrick rêvait, aujourd'hui, d'un « repos du guerrier » auprès d'une gentille jeune femme dans un pays « Quiet ! »

De retour dans la chambre qu'ils occupaient, au 34 de la Greenfields Road, dans le quartier de Newcastle, il découvre le visage de Mary, ses yeux, ses cheveux, son ventre blanc,… son corps. « Tu as de beaux yeux, tu sais ! » Il est son Gabin, elle est sa Morgan. La lumière illumine le visage de Mary. La douceur de son regard invite alors à la recherche de son corps. Ses lèvres embrassent ses seins. Ses mains caressent son ventre blanc. Il va à la rencontre de son corps chaud. Sa langue pénètre son sexe. Il s'aventure dans un territoire jusqu'alors inconnu. Il fouille son être, pour le plaisir. Le plaisir est son credo. Il cherche à lui donner du plaisir. Parce qu'il sait que lui donner du plaisir, c'est se donner du plaisir. Il la pénètre de son membre chaud, aussi chaud que la froideur des soirées de son pays. Ils s'abandonnent, sans penser au lendemain. L'amour occupe alors leurs jours et leurs nuits, encore et encore. Comme elle apprécie, il pénètre son corps ! Il pénètre son ventre à l'appel de son plaisir. Ils fusionnent d'un amour franco-irlandais. Ils ne font plus qu'un. Ils ne veulent plus faire qu'un pour un temps de leur courte vie. Il prend plaisir à regarder ses joues rosées par la chaleur de l'amour. « To be Happy ! » Ils voudraient simplement être heureux. Leurs projets se construisent autour du partage et de l'unité : « Sex, Money and Quiet country. »

Alors, revient en la mémoire, de Patrick, une certaine idée du bonheur, un sonnet, de Christophe Plantin (1514-1589) inscrit sur un mur de Leiden aux Pays-Bas :

Le bonheur de ce monde.

Avoir une maison commode, propre et belle,
Un jardin tapissé d'espaliers odorans,
Des fruits, d'excellent vin, peu de train, peu d'enfans,
Posséder seul, sans bruit, une femme fidèle.

N'avoir dettes, amour, ni procès, ni querelle,
Ni de partage à faire avecque ses parens,
Se contenter de peu, n'espérer rien des Grands,
Régler tous ses desseins sur un juste modèle.

Vivre avecque franchise et sans ambition,
S'adonner sans scrupule à la dévotion,
Dompter ses passions, les rendre obéissantes.

Conserver l'esprit libre, et le jugement fort,
Dire son chapelet en cultivant ses entes,
C'est attendre chez soi bien doucement la mort.

Kiss me Mary

Un 13 juillet... Spiddal. Patrick et Mary viennent marquer, au bord de ce vieux quai, le sceau du premier mois anniversaire de leur rencontre ! Le bateau « saint Patrick » est amarré au quai. Les signes sont porteurs. Comme si saint Patrick accompagnait leurs pas, et semblait leur accorder sa protection, dans cette Irlande découverte par l'un, redécouverte par l'autre. Mais, ils ne partageaient pas la même analyse sur ce pays. Pour lui, ce pays était tranquille, c'était le « Quiet country » auquel il aspirait depuis tant d'années. Mais, pour Mary revenue dans son pays natal, après quatorze années d'absence, pour rechercher un travail, parce que celui-ci n'était pas au rendez-vous, elle découvrait ce que veulent dire les mots « changement, jeunesse, et âge. » Elle se sentait tiraillée entre l'Irlande et les Etats-Unis. « Proud to be an Irish-American ! » Fière d'être une américano-irlandaise, elle se sentait européenne, mais pensait en américaine. Son regard critique sur la société irlandaise, son opposition entre la recherche de rencontre avec les autres cultures et la critique d'une immigration « clandestine » perçue comme un problème nouveau pour ce pays, l'éloignaient encore un peu plus de ses espoirs de trouver un emploi. Soudain c'est comme si son seul espoir était de « mendier » une aide sociale !

« Champion dans sa tête », Patrick cherchait à partager ses difficultés, en lui montrant ses forces et ses faiblesses. Mais, ses efforts furent vite perçus comme des critiques à son égard. Le ciel s'assombrit. Le ciel incertain de ce pays semblait sied à leur vie de chaque jour ! Pourtant, il ressentait encore de l'amour pour son « mouton noir irlandais ! »

Les jours se succèdent, mais ne se ressemblent pas. Faut-il qu'il le regrette ou qu'il s'en réjouisse ! Le jour d'après, le temps s'était radouci. Les nuages avaient recouvert Galway ces derniers jours. Il en était de même pour leur amour ou, pour ce qu'ils voulaient « partager », enfin ce qu'il lui semblait avoir compris jusqu'à présent. Il entend encore ses belles paroles, qu'elle lui demande aussitôt de vite oublier : veux-tu vivre avec moi le reste de la vie ?

Mais les femmes sont complexes. « Souvent femme varie, bien fol qui s'y fie. » C'est François 1er, roi de France, qui avait dressé cet amer constat, au point de le faire graver ici, sur un des frontons du château de Chambord, ou là, dans certains endroits du château de Saint Germain en Laye. La femme est un mystère ! Ne cherchons nous pas parfois des difficultés là où il n'y en a pas ! La vie est simple, si nous ne la compliquons pas !

Leurs journées étaient tristes, parce que leurs soirées étaient pesantes. Mary n'était pas « happy. » Patrick n'était pas heureux. Mary, ne voyait pas que leurs chemins se séparaient, tout doucement, sur les incompréhensions et les difficultés de l'emploi dans son pays. Pourtant les problèmes de Mary étaient ses problèmes, et inversement. La vie commune donnait liaison à leurs problèmes. L'amour, leur amour devenait difficile. Elle était le printemps, et lui l'automne. Son cœur se prenait, le sien se donnait ! Pour recevoir, il faut donner ! Il donnait sans retour. Mais Mary prenait. Elle ne donnait pas ! Aucun sentiment ne filtrait de son regard.

Patrick n'était plus heureux. « I am not happy ! » La veille au soir, leur étreinte s'était interrompue brutalement. Depuis longtemps déjà, les yeux trempés, quelques larmes avaient glissé sur son visage. Une larme née dans ses yeux avait coulé sur ses joues, pour mourir sur ses lèvres. La nervosité de ces derniers jours, l'impasse devant laquelle il se situait, ont eu raison de ses sentiments. « On risque de pleurer un peu, si l'on s'est laissé apprivoiser », comme l'a si bien écrit Antoine de Saint-Exupéry. La tranquillité avait quitté « son pays d'exil ! » Faut-il attendre, attendre désespérément ce qui ne peut venir ou qui ne viendra plus ? Pourtant, il est si simple d'aimer !

Devait-il partir quelques jours à la découverte de l'Irlande du Nord, pour donner un peu de distance, une nouvelle chance à leur amour ? La question commençait à hanter son esprit. Il prit la plume pour lui écrire une lettre, qu'il enverra via Internet, comme un message, comme une bouteille à la mer d'Irlande ! Les ordinateurs de la salle informatique de l'Université de Galway s'étaient fait les témoins de leurs « courriels sentimentaux. » Au cours de son voyage en Irlande, il envoyait des courriers électroniques, selon les pensées du jour qui traversaient son esprit.

« Vous avez un mess@ge »

— De Patrick à Mary, à mon « mouton roux », à mon « inuit irlandaise. »

— La nervosité de ces derniers jours, l'impasse devant laquelle je me situe, ont eu raison de mes sentiments. La tranquillité a quitté « ce pays quiet ! »

— Qu'as-tu fait de ces jours heureux de notre première rencontre, un 13 juin ?

— Qu'as-tu fait de ces souvenirs communs marqués sur la pierre du Connemara, un 17 juin ?

— Qu'as-tu fait de ton rire pour gaîté, de ton sourire pour paix ?

— Le temps s'est refroidi. Les nuages ont recouvert Galway ses derniers jours de juillet. Il en est de même pour notre amour ou, pour ce que nous voulons « partager » toi et moi ! Enfin c'est ce qu'il me semblait avoir compris jusqu'à présent ? J'entends encore tes belles paroles, que tu me demandes aussitôt de vite oublier : veux-tu vivre avec moi le reste de la vie ?

— L'amour, notre amour devient difficile. Ton cœur se prend, le mien se donne !

— Pour recevoir, il faut donner !

— Je donne sans retour.

— Mais, Mary prends. Mary ne donne pas !

— Nos journées sont tristes, parce que nos soirées sont pesantes. Mary tu n'es pas « happy. » Je ne suis pas heureux. Mary, ne vois-tu pas que nos chemins se séparent tout doucement, sans faire de bruit. Pourtant tes problèmes sont mes problèmes, mes problèmes sont tes problèmes. Tes jours heureux sont mes jours heureux, mes « Happy Days » sont tes « Happy Days. » La vie commune donne liaison à nos problèmes, mais aussi à nos bonheurs !

— Parce que tu ne sais pas que tu peux me faire mal.

— Faut-il attendre, attendre désespérément ce qui ne peut venir ou qui ne viendra plus ? Dois-je partir quelques jours pour donner un peu de distance à notre amour ?

— Pourtant, il est si simple d'aimer !

— Kiss me Mary ! Love me Mary !

— Nos divergences de vues ou mes « supposées critiques », peuvent-ils entamer notre amour !

— Que ton regard croise le mien pour apaiser les difficultés et partager « ensemble » le mot : « Happy. »

— Et si on en profitait pour se dire que l'on s'aime, simplement, doucement, sincèrement. Sans raison et pour les mille raisons que l'on ne dit pas !

— « Je t'aime et je suis content que tu sois là ! »

— Et si, demain plus qu'hier, dans nos moments « happy » comme dans nos moments « difficiles », nous continuions à nous dire : « Je t'aime ! »

Le vent d'Irlande

Le vent d'Irlande a soufflé sur les nuages de l'amour. Oui, les femmes sont complexes ! Oui, la femme est un mystère !

Le lendemain matin, Mary s'offre à lui. Il la pénètre au plus profond de son corps avec force. Comme pour se libérer de cette souffrance des derniers jours. Ses assauts répétés la rapprochent de lui. Mary a la sensualité des femmes slaves. Méfiez-vous des rousses, elles sont plus dangereuses que les blondes. Méfiez-vous des Irlandaises, elles sont plus dangereuses que les Russes. Alors son projet se fait jour. Certes, il s'y attendait depuis son retour en Irlande. Elle lui avoue vouloir un enfant, après avoir vu la gaieté de cette petite fille sur la plage de Salthill. Mary veut un enfant ! Un enfant avec les yeux bruns, un enfant de lui ! Patrick lui précise alors, qu'un tel projet concerne deux personnes et, qu'il se réfléchit. Il ne veut pas qu'elle fasse un bébé toute seule. Il lui demande de bien réfléchir à ce projet. Pour mieux la connaître, ils parlent de sa vie passée, et de ses expériences avec les hommes. Ensemble, apprenons à vivre ensemble, trois semaines, c'est court. Irlande, Etats-Unis peut-être, neuf semaines et demie, trois mois, et nous verrons un peu plus loin… neuf mois, sept ans, un bout de chemin de vie ensemble.

Le soleil irlandais était revenu sur Galway. C'était comme un signe. Leurs yeux brillaient comme des étoiles. Leurs cœurs chantaient.

Mary tu es le printemps, et moi l'automne.

Ton cœur se prend, le mien se donne.
Mary tu es « Gemini, » et moi « Virgo. »
« The best days for Love : 3, 13,17, et 24. »
Mary tu es ma Marilyn, je suis ton James.
Nos cœurs battent la fureur de vivre.
Avec toi, le mot amour rime avec toujours.

Toi et moi nous sommes amants et étrangers à la fois.
Toi et moi nous sommes le printemps et l'automne à la fois.

Deux étrangers se sont rencontrés dans le calme pays d'Irlande.
Nos deux vies parallèles se sont croisées en Europe.

Deux étrangers se sont rencontrés dans le calme pays d'Irlande.
Ton pays c'est l'Amérique et moi l'Europe.

Je regarde, pendant ton sommeil, tes yeux bleus.
Tel des étoiles, ils brillent de mille feux.
Je caresse tes joues rosies par l'amour.
Parce que Mary est douce, parce que Mary est belle.
Parce que tu es douce, parce que tu es belle.
Avec toi, le mot amour rime avec toujours.

C'est comme si, ils se construisaient, chaque jour ensemble, un parcours sentimental des « amants de Galway. » Leurs pas des premiers jours les avaient guidés, de la « Croissanterie » du centre commercial à la Cathédrale de Galway, d'Eyre Square, du « Kennedy Park » à la Cathédrale, par le « Salmon Weir Bridge » qui enjambe la rivière Corrib. Les jours d'après, l'auberge « Barnacles » les avaient accueillis quelques jours à « Quay Street » prés du « Spanish Arch », et sur « The long walk. » Puis les soirées animées de « Shop Street » les avaient conviés à l'animation de la rue principale et des pubs irlandais comme le « Kings Head », du « Tiz Coili » ou du « Monroe's. » Ils se fabriquaient à leur manière un chemin de « romance à Galway. » Ce chemin passait aussi par « all other road », par le « Garden Shop » et les extérieurs de la cité sur la route de Clifden, de Spiddal, de Rosaveal, ou de Salthill vers la baie de Galway, le golf du « Glenlo Abbey », le « Corrib Village », les bords de la « Corrib river » avec pour seul témoin le « Menlo Castle », la « Road Upper » et la « Road Lower » le long du canal Eglington pour s'en aller rejoindre le centre ville par le « Bridge Mills », et les moulins de son cœur…

Patrick découvrait la colocation dans cette « nouvelle Irlande. » Cette nouvelle expérience lui rappelait un film canadien, et la pièce « cuisine et dépendances » ou quelque chose comme cela, sur le partage d'un appartement. Ici souvent, on recherche jeune fille pour partager appartement ! Mais la vie en commun cache souvent des surprises. Il y a toujours des gens « formidables » pour venir troubler une liaison amoureuse. Pour vivre heureux, vivez caché ! C'est un conseil qu'il avait parfois entendu. Mais en Irlande, la culture et les coutumes avaient la vie dure, il semblait difficile de se tenir la main, de s'embrasser dans la rue et dans les lieux dits publics. Certes le pub, « public house », était un endroit de rencontres et de conversations, mais fallait-il attendre de se retrouver dans une chambre de 10 m² pour prendre quelques minutes de plaisir ensemble. Pourtant Patrick était revenu à Galway pour Mary. Tient-elle vraiment à lui, comment et quand le lui montrera-t-elle vraiment ? Leur amour viendrait-il se briser sur le récif des conditions extérieures ! Est-ce que l'amour y survivra ! Il n'en sait rien !

Est-ce parce que pour Mary les hommes américains étaient « indifférents » à son égard, qu'aujourd'hui elle cherchait à se venger du passé sur le présent. Elle se faisait souvent « indifférente » en sa compagnie. Aucun sentiment ne filtrait de son regard. Mary était comme ces filles irlandaises qui tombent amoureuses d'un garçon pour avoir un enfant, pour acquérir une certaine maturité dans la vie sociale, puis se désintéressent de leur homme... pour qui, il reste à rejoindre les pubs pour écouter les musiques traditionnelles et entendre chanter la terre d'Irlande. Les gens du Sud écoutent et ont beaucoup de questions, ils sont curieux. Mary était une jeune fille de Cork. Mary était curieuse. Sa priorité de vie, c'est communiquer. Elle improvise son chemin en communiquant avec les gens autour d'elle. Alors, parle avec lui ! Que veux-tu faire avec Patrick ? « It's question. » Parle avec lui de ton pays, de tes racines, de tes espoirs, de tes peines, de tes rêves. Parle avec lui. L'indifférence tue l'amour.

— Que veux-tu faire de ta vie de femme ? Lui demanda alors, Patrick.

— Je veux, comme tout le monde je crois, avoir une vie normale, lui répondit-elle.

— C'est quoi pour toi une vie normale ? S'interrogea Patrick.

— C'est une vie avec un mariage, une maison, et une famille. Précisa Mary.

— Pour atteindre ta recherche de vie normale, ne devrais-tu pas penser aussi à ta féminité. Relança Patrick.

— Je m'habille comme cela parce que c'est confortable. Répondit-elle.

— Tu es pourtant restée avec des hommes. Et tu m'as dit que les hommes américains étaient indifférents à ton égard.

— Oui, ils étaient indifférents. C'est le chemin américain !

— Tu as un beau visage, et tes yeux bleus ne laissent pas indifférents.

— Merci !

— Etre avec une personne du sexe opposé c'est aussi une part de séduction. Autant pour une femme que pour un homme, il faut donner l'envie d'avoir envie, l'envie d'être soi-même, de rester avec l'autre. Rester ou partir, donner l'envie de rester. Cela passe par les attitudes, les vêtements, en un mot le « sexy » ou du moins ce que paraître « sexy aux yeux de l'autre », ce qui engage sur « le chemin de la séduction. » Lui expliqua Patrick.

— C'est le chemin français ? Lui demanda-t-elle.

— Oui, c'est le chemin du séducteur et, de la séductrice, du « French Lover », et de la femme amoureuse française. Pourquoi rester avec une femme qui est indifférente, qui ne fait aucun effort de séduction ! Pourquoi est-ce toujours à moi de venir vers toi ? Viens vers moi. « Come on! » Rapproche-toi de moi, embrasse-moi, caresse-moi, fais-moi l'amour. La distance semble être ton credo. Parce que chaque moment n'est pas le moment, ou parce que cela n'est pas privé ! As-tu un quelconque sentiment amoureux envers moi ? Aucun sentiment ne filtre de ton regard. Comment veux-tu être aimée pour ce que tu es ? Etre comprise, être aimée comme tu es ? Pour être aimée, il faut donner à l'autre, qui t'en rendra autant, sinon plus. L'homme qui voudra un jour partager ta vie et tes goûts attend lui aussi d'être aimé. Ton partenaire n'attend que ce que tu attends toi-même, par le jeu du miroir de la séduction, de l'amour et des sentiments. Il n'attend pas d'être un simple cuisinier, parce que tu aimes le vin et les plats français ! Il n'attend pas d'être ton compagnon de lit pour réchauffer ton être parce que tu as froid dans ce pays que tu ne reconnais plus ! Tu es là, mais si loin à la fois. Comment poursuivre cet amour qui est né à Galway. Dis-moi, regarde-moi, je ne sais plus comment t'aimer, comment te garder. Serait ce juste une histoire d'amour d'été, nos chemins se séparent tout doucement. Dis-moi si je dois m'en aller. Je ne sais pas quitter. Faut-il apprendre à finir ? Savoir aimer, et savoir finir ! Faut-il attendre, attendre désespérément ce qui ne veut pas venir ? Pourtant, il est si simple d'aimer !

Aujourd'hui, c'est l'Assomption, 15 août, la fête de Marie. O' toi Mary ! Patrick s'en va prier quelques instants à la « Sacred Heart Church », auprès de Marie et sur la pierre de Nazareth, puis à la cathédrale de Galway. C'est son chemin catholique. Comment rester avec une femme qui est indifférente ? Comment ? Marie aide Mary. Mary à qui le poids de la religion en Irlande dans le temps de son enfance avait laissé des traces. Elle ne s'en laissait pas imposer par les prédications de toutes sortes, de plus venant de l'église. Eglise qui refusait le divorce, et qui avait porté un poids important sur l'avenir des femmes de sa génération. Parce qu'elle en avait souffert, par la force des choses elle était devenue « le mouton noir irlandais. » Pourtant, elle rejoignit Patrick sur ce prie-dieu de l'église saint James pour faire une prière à Marie… avant que leurs chemins ne se séparent tout doucement, après une belle rencontre franco-irlandaise et, une belle histoire d'amour irlandaise sous la protection de saint Patrick et de Marie.

Boston, 20 jours pour finir

L'automne sonne comme Thanksgiving. Patrick est dans l'avion qui le mène vers les Etats-Unis d'Amérique ! Vol SK 925, l'avion l'emporte vers Boston…

« Vous êtes bienvenu » lui avait écrit Mary.

Patrick a traversé un continent et un océan, par amour, par passion secrète pour une belle étrangère. « Welcome to USA ! »

Boston, de 1630 à nos jours, illustre ce qu'est « le rêve américain », et la « liberté. » C'est l'histoire de l'immigration vers les Etats-Unis réunie dans une seule ville, « Irlandais, italiens, africains… Gateway to Freedom. »

9-11 attack ! Ground Zero ! Un remake de « Pearl Harbor ! » Le « Saddam Showdown ! » est retransmis en direct sur la chaîne de télévision FOX News. Aujourd'hui chacun en rajoute de son « God Bless America. » « The colors never run. » « United in diversity. » « United we stand. » L'Unité : « Une Nation indivisible. » « Proud to be an american. » « The spirit of america », c'est le temps du courage de l'Amérique.

En ce jour de fête, l'auberge internationale de Boston l'invite au partage de la dinde farcie pour fêter « Thanksgiving » dans une agréable soirée marquée d'amitié et de rencontres. Aux Etats-Unis, durant l'action de Grâce, la dinde est un incontournable du menu traditionnel. La dinde farcie aux marrons est servie dans le Nord-Est, une réminiscence anglaise. A la période de la famine une aide part de Boston, des immigrants irlandais arrivent de Cork. Irlande-USA, Cork-Boston, c'était comme un signe. C'était écrit ! Patrick vient rejoindre en ce lieu la jeune fille de Cork !

Un 13 juin... Galway ! Cela l'a pris par surprise dans une auberge en Irlande.

A la rencontre de Mary, le temps s'est arrêté. Son temps s'était arrêté en Irlande. Quel que soit le temps, il avait vécu en sa compagnie des moments uniques, spontanés et intenses. Il se sentait comme illuminé d'un nouvel amour, d'un amour tendresse. Mais avec Mary, le mot amour ne rime pas avec toujours.

Un 13 novembre... Boston ! Cela l'a pris par surprise dans une auberge aux Etats-Unis d'Amérique !

Patrick entend encore ses belles paroles, qu'elle lui demande de vite oublier : veux-tu vivre le reste de ta vie avec moi ? Elle était le printemps, et lui l'automne. Son cœur se prend, le sien se donne. Mais Mary prend. Elle ne donne pas. Leur amour était difficile. Mary n'était plus son « inuit irlandaise », son « mouton roux », son « mouton noir irlando-américain ! » Leur chemin s'est séparé tout doucement, sans faire de bruit. Parce que Mary ne sait pas qu'elle peut faire mal.

Mary couchait pour parler avec lui. Elle aimait ces rencontres qui sont faites de copains, d'amitiés amoureuses pour meubler sa vie. Pour elle, ce n'était qu'une « romance irlandaise ! »

Les yeux d'une femme l'avaient flingué. Les yeux de Mary l'avaient flingué. Elle n'a pas compris qu'elle était celle qu'il voulait à tout prix. A cet instant, Patrick se souvint de Vérone. L'amour et la haine, la passion et la douleur, font partie intégrante de notre vie. A cet instant, ils font partie intégrante de sa vie. Faut-il que l'amour, si doux en apparence, soit si tyrannique et si cruel à l'épreuve !

Tu m'as dit que les hommes américains étaient indifférents à ton égard. Lui rappela Patrick.

Puis il enchaîna :

— Depuis un certain 13 juin… j'ai essayé de te séduire. Oui, j'ai essayé de faire de la séduction à ton égard. C'est mon chemin. C'est le chemin français.

— Je me suis trompé avec toi ! Avec toi, le mot amour ne rime pas avec toujours !

— Toi et moi nous étions amants et étrangers à la fois.

— Toi et moi nous étions le printemps et l'automne à la fois.

— Deux étrangers se sont rencontrés dans le calme pays d'Irlande.

— Nos deux vies parallèles se sont séparées dans le « Nouveau Monde. »

— Ton pays c'est l'Amérique, et moi l'Europe.

Alors, il lui demanda :

— Te souviens-tu de ce mess@ge :

Bonsoir Patrick,

J'espère que tout est bon pour toi et que la nuit dernière a été « quiet » pour toi aussi !

Le voyage était bon et, ici en Vermont le soleil brille.

Merci pour ta « compagnie » en Irlande. Mary.

Alors, comme le dernier souffle d'un amoureux en perdition, Patrick prononça ses derniers mots d'amour :

— En ta « compagnie », j'ai vécu intensément chaque instant de ces mois de bonheur en Irlande. C'était notre histoire d'amour, même si tu as changé de sentiment. Si la mémoire te joue des tours, saches que l'on n'a pas perdu de temps. Tout ce que je sais c'est que nous nous aimions. Nous étions faits pour nous aimer. C'était notre histoire d'amour irlandaise. C'était notre romance irlandaise. C'était notre romance à Galway. Je ne sais plus comment poursuivre. Tu fais souffrir le cœur d'un homme ! Je sais qu'il me faut survivre. Il y a la vie dont tu rêvais ! Mais tu me dis que tout est terminé, et que je dois m'en aller. Partir, ou rester, mais moi je ne sais pas quitter. Faut-il attendre, attendre désespérément ce qui ne peut venir, ou qui ne viendra plus ! Pourtant, il est si simple d'aimer ! On ne va pas jouer au plus fort, pas la peine de croiser le fer. J'ai plus envie de jouer, il me faut apprendre à laisser. Savoir aimer, savoir finir ! Oui, il me faut apprendre à finir ! Il me faut savoir encore sourire quand le meilleur s'est retiré. Il me faut savoir coûte que coûte garder toute ma dignité et malgré ce qu'il m'en coûte m'en aller sans me retourner. Et devant le bonheur perdu, il me faut savoir cacher mes larmes, mais moi je ne sais pas. Il me faut savoir quitter la table lorsque l'amour est desservi sans m'accrocher l'air pitoyable mais partir sans faire de bruit. Il me faut savoir cacher ma peine sous le masque de tous les jours, et retenir mes cris de haine qui sont mes derniers mots d'amour. Il me faut savoir rester de glace et taire un cœur qui meurt déjà. Il me faut savoir, mais moi je ne sais pas.

Patrick oublie, alors, les promesses de bonheur dont Mary enchantait ses jours en Irlande. Ils étaient faits pour s'aimer, mais ils ne vieilliront pas ensemble. Il lui laisse une part de son cœur et de son âme. Il repart vers d'autres lieux, comme un oiseau « fidèle et passionné » qui ne tient pas en cage, mais avant tout comme un oiseau « blessé. »

Le blues du Mississippi

Le blues du Mississippi emporte Patrick… auprès de Dolynne. C'était écrit ! C'est comme si sa vie sentimentale ne valait la peine de n'être vécue qu'à la Casanova, ou à la Don Juan ! Aventurier, ou Gentleman-Séducteur, selon les pays d'exil et, ses belles rencontres, il savait user aussi bien de charme que de perfidie pour conquérir les femmes. Selon les circonstances, il aimait aussi vivre des plaisirs de la vie et, de la jouissance de l'instant présent dans ses conquêtes féminines. Alors, il repart en quête d'une nouvelle histoire d'amour. « Tomorrow is another day ! » Demain est un autre jour !

Il quitte les amarres de Boston. Les ailes le portent, l'étoile le guide. Il reprend le chemin de sa légende personnelle le long… des courbes du Mississippi.

A la « Lune Bleue », il devient acadien. Il goûte un peu de la vie acadienne. De nouveau, il laisse le bon temps rouler. Depuis un certain nombre d'années, il éprouvait la même sensation que celle d'Henry James ! Henry James, écrivain américain, séjournait au gré de ses humeurs en France, en Italie, ou ailleurs. Le goût du voyage et des femmes ne le quittera jamais !

A la Nouvelle-Orléans, La mélodie du jazz s'exprime avec sophistication dans les grands hôtels avec « Stylings. » L'animation de la nuit gagne la « Bourbon Street. » C'est mardi Gras au Balcon ! « The balcony it's a game ! » Le balcon est un jeu ! Les femmes découvrent leur splendide poitrine pour recevoir une parure de colliers ! L'animation de Bourbon Street emporte Patrick et Dolynne de la Maison Bourbon au son de l'orchestre de jazz jusqu'au « Lover Acts » à la découverte de ce lieu dédié au sexe où un couple danse avec des poses suggestives sur l'estrade aux yeux des clients. Leur jeu de danse fait monter leur excitation. Dolynne recherche ces lieux sans vouloir l'avouer.

Hôtel Fairmont, à la suite des Présidents des Etats-Unis, des superstars comme Frank Sinatra, Tina Turner ou des Andrews Sisters, et des célébrités du monde d'Hollywood, dans le décor des films tel que JFK, et de son célèbre décor de « Christmas », la libertine Dolynne emporte Patrick, le libertin d'une nuit de Nouvel an, dans le tourbillon de ses fantasmes. Alors, il lui fait l'amour rapidement, avec force et sensualité, dans les couloirs de l'hôtel Fairmont, dans des scènes dignes de films de Sharon Stone ou Demi Moore ! Faire l'amour dans l'instant, dans un lieu public, avec un inconnu excite Dolynne au plus haut point ! Patrick laisse le bon temps rouler le long… des courbes de Dolynne ! Le Mississipi s'allume de mille feux. « Happy New Year ! »

La rencontre de la jeune fille de Cork en Irlande l'avait conduit jusqu'aux Etats-Unis d'amérique. « You know, one way in america. » Son chemin américain se termine, comme un signe du hasard, auprès de « House of Irlande », la maison d'Irlande à Saint-Augustine !

Le hasard est un signe que Dieu ne veut pas signer. La raison lui dicte alors : « It was written ! » C'était écrit !

Solitude.com

Le webfacteur du cœur

Fabrice attendait, à tout instant, l'inattendu. Dans le cours de ses voyages la communication n'était pas toujours chose aisée. S'il maîtrisait quelques notions de langues étrangères, dans certains pays les notions de la langue étaient pour lui assez réduites. Les contacts étaient parfois plus complexes, même s'il en comprenait les mots, il enrageait parfois des difficultés de communication qu'engendrait le fait de ne pas connaître suffisamment la langue du pays.

Au fil de ses « Cybercafés », il avait découvert des sites de rencontres, par lesquels il s'était laissé tenter aux « rencontres virtuelles. » Durant ses voyages, il éprouvait parfois, le besoin de se rapprocher de son pays. Même si les mots ne suffisaient pas. Même si les « contacts virtuels » ne remplacent jamais les contacts physiques. Les « dialogues virtuels » devenaient, ainsi au fil de ses voyages, le fil rouge avec ses rencontres du cœur… pour plus si affinités et d'éventuelles « rencontres réelles » sur ses « chemins d'amour buissonniers. »

Comme un conte de fée, tout commence par il était une fois… Il était une fois, les nouvelles technologies de l'information et de la communication (NTIC) avaient remplacé le courrier du cœur. On ne s'envoyait plus de cartes postales fleuries. On ne s'écrivait plus de grandes lettres d'amour aux déclarations enflammées. « Vous avez un nouveau mess@ge. » C'est ainsi que passait le facteur du cœur sur le réseau, le « webfacteur du cœur. » C'est ainsi que se rencontraient deux êtres du sexe opposé, ou de même sexe d'ailleurs, sur la « Toile du Net. » Au fil des messages, deux profils cherchaient à assembler les pièces, males et femelles, d'un puzzle qui s'appellerait « le bonheur d'une vie virtuelle à deux » pour une seconde vie, « Second Life. »

Et si le bonheur était sur la toile… cours-y vite ! C'est ce que nous semblaient dire les internautes du cœur… Alors Fabrice se lança à la découverte des « webannonces. »

« Je vous cherche, vous et notre amour pour cultiver notre jardin d'Eden. Je vous espère grand, élégant, charmant, loyal, fidèle, courtois. J'attends de vous : esprit, vivacité, constance, une sécurité totale dans la continuité, une tendresse riche d'attentions qui contribuera à concilier le corps et l'esprit dans une seule et même fête. Nous partagerions alors : dîners aux chandelles, tête-à-tête au coin du feu ou ailleurs, fous rires, baisers longs et passionnés… bref, une vie agréable, entretenue au quotidien. j'attends de la relation qu'elle nous ouvre la porte aux réalisations inattendues et splendides. Ne sommes nous pas maître de notre destin ? Nous pouvons donc réussir. En route donc pour une aventure sensationnelle ! Le désirez-vous ardemment ? Alors, à très vite. »

« Et si l'on parlait de cette femme ? qui dit être seule mais pas effacée, charmeuse mais sans succès puisque vous la voulez libre… sourires… Aventurières s'abstenir lit-on souvent mais une aventurière n'est ce pas une femme qui cherche l'âme sœur avec la même ténacité que vous, Messieurs ? Tout cela n'est-il pas très légèrement contradictoire… Vous n'êtes pas matérialiste mais vous la désirez dotée d'un beau physique et le cœur sur la main… Altruiste et tendre, sensuelle mais un caractère plutôt tempéré… Très femme mais pas trop… Intello mais pas trop non plus. Brillante et courageuse… rires… Pensez-vous qu'une telle femme puisse vivre dans un couvent à vous attendre, il y a là matière à réflexion ou à sourire… Incorrigiblement absente ou alors très présente… C'est moi… Mais laissez moi imaginer que vous saurez jouer avec les mots ! Bien sûr, sans tomber dans la vulgarité mais avec tout simplement de l'humour ! Alors, je ne passerai pas à côté de vous… je vous regarderai juste droit dans les yeux pour commencer la connaissance de l'Etre… de l'Autre… »

« Elle peut aimer sans pour autant réclamer qu'on l'aime. L'amour est un don. Elle le sait d'instinct. C'est-à-dire quelque chose que l'on offre à l'autre. Et si l'on reçoit en retour, tant mieux ! Cette attitude décuple son charme. Du charme, au fait, elle n'en manque pas. Sensible et romantique, elle est en même temps très sensuelle. Sans compter qu'elle possède une touche de mystère qui fascine beaucoup. Lorsqu'elle aime, elle ressent un besoin viscéral de se fondre avec l'autre, de ne former qu'un avec l'être aimé. L'amour est grandi par elle : pour elle, ce peut être l'aboutissement de toutes ses idées – le don de soi, le sacrifice, la beauté, l'élévation. »

« Le son de ta voix ne doit pas être une surprise. Je l'entendrai parmi des milliers d'autres. Ton regard scintillera de mille étoiles devant l'étincelle de mes propres filaments. Je te reconnaîtrai pour partager avec toi chacun de nos jeux, de nos caresses, de nos plaisirs et de nos tourments. J'ai l'exigence de mes désirs et de mes rêves. Tu existes. »

« A mélanger un grain de folie douce, un soupçon de charme, une touche d'humour sans vulgarité, un zeste de timidité, de caractère bougon mais rieur et vous obtiendrez… un inoubliable… A bientôt, peut-être ! »

« Si comme moi, tu recherches une relation de complicité, de respect mutuel, de tendresse, de sincérité, d'humour et d'harmonie. Si comme moi tu aimes voyager, profiter de la nature, mais aussi les sorties en général (le théâtre, le cinéma, les dîners en amoureux...) Si en plus, tu aimes danser, ce serait formidable. Peut-être à très bientôt. »

Alors Fabrice, se choisit un pseudo, comme il est de coutume dans le milieu des internautes pour naviguer sur la « Toile » en parfait anonymat. Il rédigea sa propre annonce, avec une envie... de donner envie, donner un sentiment d'intrigue pour avoir envie de le contacter. Après avoir parcouru quelques profils féminins, « Jonathan » envoya son courrier par le « réseau du cœur. »

La réponse ne se fit pas attendre... le « webfacteur » avait frappé à sa porte !

Le soleil a rendez-vous avec la lune

Jonathan, vous avez un message

— Douce étoile souhaite graviter autour de grand soleil.

Alors Fabrice, caressa les touches de son clavier pour imprimer les mots qui pourraient donner envie à son interlocutrice virtuelle de poursuivre le dialogue…

— Grand soleil souhaite réchauffer une douce étoile.

Jonathan, vous avez un nouveau message.

— Bonsoir, Jonathan…
Je découvre à l'instant le site, je suis plutôt une femme-enfant. Je recherche homme mûr ayant de l'assurance et du charisme. J'ai besoin de protection affective et de tendresse. Je souhaite une relation sincère et construite lentement à deux. Une bonne dose d'humour et un esprit cultivé sont les bienvenus.

Alors comme la rapidité de l'éclair, avec la rapidité du net… le « dialogue virtuel » s'instaura entre « Jonathan » et « Diamant »…

— Je suis plutôt une femme enfant. Je recherche homme mûr ayant de l'assurance et du charisme… Que penses-tu alors de mon annonce… Quels sont les points qui t'ont fait… vibrer ! lui écrit alors, Jonathan.

— Quelques mots-clés : Jonathan le Goéland, la recherche de la sérénité à 2… Par contre les références musicales ne correspondent pas à mes goûts. Mais la fiche est peut-être un peu longue, il faut prendre la peine de la lire. Répondit diamant.

Puis le dialogue s'instaura.

— J'ai comme idée que tu vas prendre la peine de la lire…

Ce n'est pas la peine que je me sois décarcassé ! (sourire) Quels sont tes goûts musicaux ? Tu connais donc… Jonathan !

— Jonathan le Goéland, tu parles si je connais !

Il a été mon livre de chevet pendant très longtemps, une vrai bible pour moi (ou Coran ou Torah…)

Un livre qui fait du bien !

— Pourquoi Coran ou Torah… dois-je y lire quelque chose ? A 35 ans, tu as déjà eu besoin de lire ce livre ! Rassures-toi, je l'ai relu encore récemment…

— Les 3 religions, c'est histoire de ne froisser personne par les temps qui courent… et puis-je ne suis pas croyante.

Je vois que tu as compris l'intérêt de ce livre.

C'est vrai que parfois la vie n'y va pas avec le dos de la cuillère !

— Diamant… joli pseudo !

— Merci, mais ce n'est pas moi qui l'ai choisi. Une amie m'a inscrite sur ce site alors que je n'avais même pas mon ordinateur. Si j'avais pu choisir… j'aurai pris Libellule ou Axelle… je ne sais pas en fait.

— Une fan d'Axelle Red ?

— Mais non, en fait quand je suis née j'aurais dû m'appeler ainsi, mais ma mère était disons un peu HS au moment de l'accouchement, et mon père n'a pas opté pour ce prénom que je trouve très joli. Il y a le X qui est très dur et le L en fin de mot qui adoucit l'ensemble.

— Déjà des tonnes de souffrances à… 35 belles années qui… si la photo correspond bien à ton plumage… n'ont pas laissées de marques !

— (sourire) Merci. Je fais beaucoup plus jeune que mon âge. C'est de famille et ce genre de séquelles, ça vous atteint d'abord le cerveau et ensuite le cœur. Tout est à l'intérieur, rien ne transparaît, j'ai une image à préserver !

Alors entre le fantasme et l'illusion, entre le réel et le virtuel, entre le rêve et la poésie, Fabrice lui écrit un poème :

Il pleut sur Cracovie,
Tu entres dans ma vie.
Sans toi mes jours sont vains.
Après la pluie, toujours le soleil revient.

Comme un mirage,
Ton doux visage,
De Femme-Enfant,
M'attire comme un aimant.

Le Diamant donne le ton.
Sous l'aiguille du microsillon,
Les notes blanches et noires
Chantent espoir et désespoir.
Comme un mirage,

Ton doux visage,
De Femme-Enfant,
M'attire comme un aimant

Comme un mirage,
Ton doux visage,
De Femme-Enfant,
M'attire comme un aimant

« Ton doux visage… » de Jonathan à Diamant

— Ca, c'est du message ! Alors là, c'est bien la première fois qu'on m'écrit un poème !

Au fil du dialogue, la peur du message blanc s'évaporait. L'inspiration faisait son œuvre dans l'esprit de Fabrice. Il pouvait donner libre cours à son imagination. Ses doigts sur le clavier n'avaient plus qu'à faire le reste, caresser les touches pour imprimer les mots qu'il voulait transmettre pour séduire son interlocutrice inconnue.

— L'amour joue un rôle capital dans votre vie. Il n'est toutefois pas toujours facile de vous aimer car, à certains égards, vous demeurez toujours un peu mystérieuse. Votre côté énigmatique fait tout à la fois votre charme et votre peine, puisque celui-ci rend plus difficile l'imbrication profonde des êtres. Vous avez un grand besoin d'affection et d'amour, mais ne savez pas toujours distinguer le vrai du faux.

— (soupir) Dis donc t'as l'intention de me saper le moral, maintenant ! Sûre que je me reconnais… ça fait plus de mal que de bien ton truc ! J'ai un peu la sensation que la réalité terrienne vient de me donner une gifle et là je préfère mes eaux profondes.

— Au fond de la piscine ! Arrivée au fond… il te suffit de frapper bien fort pour remonter. La remontée est inversement proportionnelle au temps que tu auras mis à descendre. D'autant plus rapide que la descente aura été lente !

— « Dans mon vieux pull marine… » Oh ! je suis si bien avec mes amis les poissons. Je veux bien remonter mais on risque de me pêcher !

— Très poète à ses heures ! Je vois que tu connais aussi Isabelle Adjani !

— C'est un classique de mon adolescence ! J'ai plein de souvenirs sur cette chanson.

— Et si Adjani créait… un lien !

— Virtuel pour l'instant virtuel ! Je commence à fatiguer, je ne vais pas tarder à aller me coucher. J'ai fait une grosse insomnie la nuit dernière et là, je dois dire que je la ressens.

— Un peu de fraîcheur au bout de mes doigts… un souffle sur le clavier… et de la fraîcheur pour adoucir ta nuit…

— (sourire) Merci de ta fraîcheur, mais tu sais j'ai un ventilateur ici…

— Je m'en vais te quitter… déjà ! Toute bonne chose à une fin… Il faut profiter au maximum de l'instant présent ! Il semblerait… très bonne intelligence ! En aurais-je douté !

— (rire) Du tout ! Allez bonne nuit.

Merci, ce fut un plaisir de dialoguer avec toi c'est tellement rare… A bientôt ! Laure.

— Sur l'écran rose
De mes nuits noires,
Les mots se posent
A l'encre noire.

Sortie des eaux profondes,
De tes courriels, tu m'inondes.
Sous les traits Femme-Enfant,
Laure est un Diamant.

Sur l'écran rose
De mes nuits noires,
Les mots se posent
A l'encre noire.

Je me suis fait Gémeaux,
Pour te guérir de tes maux.
Tu te fais Poissons,
Pour perdre ma raison.

Sur l'écran rose
De mes nuits noires,
Les mots se posent
A l'encre noire.

Illuminer ton sourire,
Rien que pour le plaisir.
Etre l'écrin de tes jours,
Pour que Diamant brille toujours.

Sur l'écran rose
De mes nuits noires,
Les mots se posent
A l'encre noire.

Sur l'écran rose
De mes nuits noires,
Les mots se posent
En forme d'espoir…

« Sur l'écran rose… » de Jonathan à Diamant, de Fabrice à Laure.

Ce soir-là, Laure s'était faite « virtuelle. » Et même si pour Fabrice, les mots ne suffisaient pas. Ce soir-là sur son chemin… une éclipse avait eu lieu ! Le soleil avait eu rendez-vous avec la lune.

Existe-t-il des éclipses

Un voyage est comme l'histoire d'un examen : la première fois un hasard, la seconde une coïncidence, la troisième une habitude. Fabrice en était arrivé à plus que l'habitude, avec son énième voyage en Pologne. Il aimait qualifier la Pologne, d'une « âme dans un écrin d'ambre. » Un peu à l'écart des autres pays d'Europe, il en est un qui paraît différent. La Pologne est là comme une femme étendue sur une couche de satin, vêtue d'une simple rose blanche, une parure d'ambre sur sa peau, une couronne de fleurs dans sa chevelure claire. Elle semble dormir, un sourire aux lèvres. Mais son cœur bât au rythme d'une mazurka ou d'une polka… Son teint est d'une exquise transparente. La Pologne ressemble à « la Belle au bois dormant. Elle est aussi fragile qu'un songe. »

« En avril, ne te découvres pas d'un fil. En mai, fais ce qu'il te plait ! » ce dicton donnait la meilleure définition de ses voyages en Pologne. Après une nuit de voyage en compagnie « d'Eurolines », Poznan lui ouvrait ses portes. Fabrice avait réservé une chambre au « Mini Hoteliku », à mi-chemin entre la gare routière et le centre ville. Un petit hôtel bien situé pour les quelques jours qu'il avait décidé de passer dans cette ville. A proximité d'un parc, où il avait repéré son arbre de vie, son totem. Le saule pleureur habitait ce lieu. Prés de « son arbre », son cœur et son âme se reposaient sur la berge du temps présent.

Il prit une bonne douche chaude pour effacer, durant quelques heures, la fatigue de la nuit précédente. Après que la pizzeria « Lucciola » se soit faite le soleil de sa soirée poznanienne, il se voyait offrir une rose. Il offrait « une rose à la Polonaise », à cette jeune fille au doux visage, au visage avenant, à cette fleuriste, à cette serveuse de bar… ou à cette danseuse de Topless… « Ladny Kwiat dla Ladny Kwiat ! » Une jolie fleur pour une jolie fleur ! Alors, Fabrice leur confiait son secret, emprunté à Antoine de Saint-Exupéry. « On ne voit bien que par le cœur. L'essentiel est invisible pour les yeux ! »

Ce « nouveau romantisme » habitait ses jours polonais. Il aimait cet instant. Il aimait ce moment éphémère. Comme si ces fleurs offertes, ces regards croisés, allaient décider de l'avenir de son voyage, de sa légende personnelle ! Comme si ces quelques fleurs, ces quelques regards, décidaient de l'avenir d'une rencontre, d'une belle rencontre éphémère !

Les rencontres devenaient un véritable « business », un véritable phénomène commercial. Une nouvelle source de profit plus ou moins sincère. L'argent du cœur n'avait pas d'odeur ! Il n'y avait jamais eu autant de célibataires. Le temps n'était plus aux agences matrimoniales, aux clubs de rencontres, aux clubs de gymnastique, aux soirées dansantes pour célibataires, ou encore aux foires ou salons des célibataires. Il fallait proposer autre chose. Le secteur des rencontres était porteur pour développer « sa petite entreprise », pour augmenter son chiffre d'affaires. Un grand magasin parisien l'avait bien compris, en proposant l'opportunité de rencontres en faisant ses courses. Tel bar organisait des rencontres autour de questions-réponses dans un délai rapide, le « Speed Dating », sept questions, sept réponses, en sept minutes, pour un temps de séduction. Un autre bar, sous couvert de conférences-débat, organisait des rencontres avec buffet-cocktail. Le principe en était simple : canapés et boissons disposés sur plusieurs tables autour desquelles les hommes se déplaçaient à un rythme déterminé par un animateur pour multiplier les premiers contacts. Ceux qui le souhaitaient, piochaient dans le jeu des questions au centre de chaque table pour faciliter le dialogue. Au cours de la soirée, chacun listait sur une fiche les personnes qu'il souhaitait revoir. Cela permettait ainsi, à l'organisateur de la soirée, de mettre en contact celles et ceux qui le désiraient en toute réciprocité et, de… développer le chiffre d'affaires de sa « petite entreprise » de rencontres.

Quant aux NTIC, et à l'Internet… Les nouvelles technologies de l'information et de la communication s'intéressaient de plus en plus à ce secteur. Ici un site pour dialoguer, là un autre pour passer son annonce, et recevoir des contacts « gratuits ! » Ou encore un troisième, où l'offre était plus large, avec dépôt d'annonces et de photos, de baisers « virtuels »… et de contacts « payants ! » Ces outils de communication se développaient et se modernisaient « toujours plus » et, contrairement à l'objectif visé, accentuaient l'indifférence, l'absence de dialogues et de relations humaines. Paradoxal, plus de moyens de communications… moins de communications entre les hommes et les femmes… entre les êtres… Rapidité, fax, téléphone cellulaire, visioconférences, e-mail, SMS, chat, MMS… les années 2000 accéléraient la vie en virtuel, une « deuxième vie. » Après la société de consommation par impulsion, la société de plaisir et du bonheur des sociétés de crédit, et des « collectionneurs(ses) » de cartes revolvings pour le bonheur des sociétés de recouvrement et des services de traitement de surendettement, arrivait la société de communication virtuelle. Si Internet faisait désormais partie intégrante du quotidien, il n'était nul besoin de s'étonner du développement de « réseaux de rencontres » pour combler un « vide relationnel. » Le bonheur se trouve sur le net, cours-y vite ! La « société de communication » construisait paradoxalement en parallèle une « société virtuelle à la recherche du bonheur ! »

Une nouvelle fracture sociale se réalisait sous les yeux des consommateurs « par impulsion », voués à l'immédiateté. Ces nouveaux outils de communication créaient de nouvelles dépendances, jusqu'à devenir « addict » à de nouveaux produits de consommation. Courir toujours plus vite à côté de l'essentiel, jusqu'à ce que l'essentiel vous rattrape.

Qui s'était, un jour, demandé ce après quoi il courait ? Toute la journée sur son clavier, rivé sur son écran d'ordinateur, parce qu'il avait peur pour « son travail », parce qu'il avait peur de ne pas remplir « ses objectifs. » Puis rentré chez lui, il changeait d'écran… les yeux rivés sur son ordinateur personnel, ou sa télévision ! Chaque individu vivait dans une société qui court au « toujours plus » pour toujours plus d'argent, au « toujours plus de repos » en travaillant moins, au « toujours plus d'instantanéité et de plaisir immédiat » qui faisait les beaux jours des sociétés de crédit à la « consommation par impulsion » en faisant grossir les rangs des ménages sur-endettés sans impunité, au « toujours plus vite » pour « toujours plus de performance. » Une société humaine qui se perdait dans le culte de l'argent et, qui courait à sa perte en se détruisant à petit feu ! Une société humaine semblable à la grandeur et, à la chute de Rome ! Une société qui créait les monstres qui couraient à sa destruction. Une société de prospérité qui survivait dans un désert spirituel. Une société humaine qui avait besoin de revenir à la lenteur, de temporiser, de dédramatiser, de prendre du recul, de revenir à elle par des sensations agréables, plaisantes, au risque d'aboutir avec fatalité à sa décadence. Elle se devait de réussir à concilier le « toujours plus » et le « toujours plus vite » dans la

« modération » pour en faire une « société vivable. » La lenteur est bonheur. Oui, parfois, ne rien faire est utile.

Après la société de consommation, la société de plaisir et du bonheur des sociétés de crédit, prend place la société de communication virtuelle… « Baisers virtuels », « Dialogues virtuels », « Contacts virtuels. » La réalité virtuelle chasse le monde réel et, entre tout doucement, sans faire de bruit, sans aucune règle, dans notre monde pour une… « Second Life ! » répertoriée dans « Facebook ! » Avec une angoisse de plus en plus croissante sur leur avenir, à défaut de trouver le bonheur dans la vie réelle, pour combler « un vide de bonheur » dans leur vie quotidienne qu'une société ne leur donne pas, ne leur donne plus, de « nouveaux adeptes du virtuel » recherchent, aujourd'hui, le bonheur dans une vie virtuelle ! Bienvenu ! Le bonheur est dans le net, cours-y vite ! Une « nouvelle secte » recrute de nouveaux adeptes : « N'ayez pas peur ! Le Bonheur existe dans le virtuel ! » Bientôt, elle va leur vendre le « Paradis virtuel ! » « N'ayez pas peur ! Je vous promets le Paradis et, des vierges ! Je vous promets le jardin des délices et, les 72 vierges sur le net ! Au jardin des délices, Dieu vous accordera 72 vierges, 72 épouses et le bonheur éternel. Prés de vous seront, fidèles et pour la satisfaction de tous vos désirs, les 72 vierges aux yeux noirs pareilles aux perles dans leur nacre. Pour une visite ou un forfait, un clic suffit ! »

Bien qu'ayant fait quelques voyages sur la mer tendre et belle des rencontres amoureuses, Fabrice se trouvait encore prêt à partir, à faire encore son sac, et à s'embarquer avec une femme aimant recevoir et donner de la tendresse. Une femme qui, comme lui aimait les êtres humains, la vie paisible et douce. Comme il aimait à le dire, et le redire, une femme qui a le soleil pour témoin, qui aime rendre un homme heureux comme un italien, lorsqu'il a du soleil, de l'amour et du vin. Il recherchait, dans ses voyages de par le monde, des relations amicales avec juste quelqu'un de bien et… plus si affinités… classique, quoi. « Aimer, aimez », aimait-il souvent à dire. L'important, c'est d'être en amour ! Aimer, Fabrice avait aimé. Il avait aimé par amour, par passion, par plaisir. Il avait aimé : la femme-amante. La femme qui voulait, pour un moment éphémère, un soir, une nuit, une agréable compagnie, et plus si affinités… La femme qui lui apprenait le sens des mots « amour, sexe, fantasme, et folie… » Il avait aimé : la femme-femme. La femme qui se veut femme, qui se sait femme, qui est femme… Il avait aimé : la femme-enfant. La femme qui le voulait comme frère et, comme père. La femme qui jouait, dans l'insouciance des temps présent et futur, de fraîcheur et de tendresse… Pour sûr, il avait aimé !

Hier « aviateur », de conquêtes de terrain d'aviation en terrain d'aviation, il avait aimé « la femme », « les femmes. » Il avait aimé un peu, beaucoup, passionnément, à la folie ! Beaucoup par le nombre, mais rares celles qui avaient été son complément, qui avaient regardé avec lui dans la même direction. Certes, Fabrice n'avait jamais su conjuguer le verbe aimer. Mais pourtant, il avait eu des histoires d'amour sincères. A chaque fois, celles-ci avaient été, chacune à leur façon, un des rayons de soleil de sa vie. Aujourd'hui, de voyage en voyage… il était devenu un « casque bleu de l'amour. » Il réconciliait souvent, faisait la paix parfois, mais « ne tirait jamais », même si affinités… Pourtant, il savait qu'elle existait quelque part cette femme, cette femme vers qui il partait. Elle l'attendait quelque part… dans ce paysage qui se dessinait au fil de ses voyages. Fabrice séjournait, au gré de ses humeurs et de son agenda professionnel, dans son pays, ou ailleurs. Le goût du voyage et des femmes ne le quittait jamais. Mais parfois, l'appel du « repos du guerrier » surgissait. Ce besoin de tendresse et, d'une belle rencontre amoureuse reprenait le dessus. Il rêvait d'un être qui réunisse charme, intelligence, élégance, charisme, sincérité, sensibilité… Une femme dont les contours prenaient forme au fil de ses chemins de traverses et, aventureux : un visage avenant qui convie à la sérénité, un sourire avec ces fossettes qui illuminent un visage, une beauté italienne alliée à l'élégance française, à moins que cela ne soit l'inverse. En un mot, une femme qui lui ferait passer du rêve à la réalité ! Il serait l'homme qui accompagnerait cette femme, et il adorerait ! Une compagnie féminine qui serait le rayon de soleil de ses jours et, la lune bleue de ses nuits.

Le plaisir d'une rencontre, de retrouver les premiers frissons, de s'enlacer tendrement, de s'embrasser sauvagement et, vivre… Fabrice ne cherchait pas une aventure pour une nuit, mais plutôt… pour l'inscrire sur les pages blanches sentimentales du grand livre d'images de sa vie. Il désirait emmener une femme faire un long voyage au pays de l'amour et de la vie. Fabrice attendait à tout instant, l'inattendu. Son regard scintillera de mille étoiles devant l'étincelle de ses propres filaments. Il la reconnaîtra parmi des milliers d'autres. Il la reconnaîtra pour partager avec elle chacun de leurs jeux, de leurs caresses, de leurs plaisirs et de leurs tourments. Fabrice avait l'exigence de ses désirs et de ses rêves. Elle existait. Cette femme existait quelque part. Qui n'a jamais connu l'amour ne pourra jamais savoir ce qu'est la peine. L'amour c'est l'ennui d'être seul. La joie d'être deux. La peur d'être trois. Une femme est un poème. Elle est une merveilleuse chanson d'amour. La souffrance compte les secondes, le bonheur oublie les heures. Comme il est doux de dire des mots d'amour. Comme il est bon de dire je t'aime. Le verbe aimer se conjugue à tous les temps, mais comme il est bon au présent. Le bonheur suprême est d'aimer et d'être aimé.

Fabrice attendait, à tout instant, l'inattendu. Les mots ne suffisaient pas. Trop de mots tuaient l'instantané. Mais les contacts sont parfois aussi compliqués sur terre que dans le cosmos. Le soleil a rendez-vous avec la lune mais la lune ne viendra pas car elle ne le sait pas… Mais, existe-t-il des éclipses, se demandait-il ?

La petite cigale du réseau

Bienvenu dans le bonheur virtuel des cœurs

Les premiers rayons de soleil inondaient la chambre que Patrick avait louée en Slovaquie. Poprad était, en ce mois de juin, une de ses bases de tranquillité. Il avait appris à aimer ce pays qui se voulait havre de paix et de tranquillité. Il appréciait la sérénité de vie qui y régnait. « Demain est un autre jour ! » aimait-il à dire, lorsqu'il se sentait dans un tel lieu. A chaque halte dans un lieu à l'identique, revenait en sa mémoire, ses paradis sur terre. Il avait séjourné un peu partout sur le globe. Patrick était consultant-conseil en tourisme. Il voyageait beaucoup. Il avait parcouru toute la planète. Mais souvent, Dubrovnik revenait en sa mémoire. Dubrovnik invite à l'amour sur l'île de Lokrum. « Elle n'est pas belle la vie ! Oui elle est belle. Plus belle la vie ! Non, elle est plus que belle. » était son credo en de tels lieux.

Il ne savait pas quel était le problème, ni pourquoi il était si crevé depuis quelques temps. Il tombait de fatigue en début de soirée, puis se tournait et se retournait toute la nuit dans son lit sans trouver le sommeil, pour se réveiller crevé. Comme s'il était surmené. Pourtant il n'avait pas travaillé si dur, rien que des contrôles de sites touristiques. Et il n'y avait rien d'urgent sur son agenda, une prospection pour un nouveau complexe de loisirs, puis une tournée, dans les pays du Proche et Moyen-orient, courant décembre. A part ça, rien. Est-ce que ce serait l'âge ? Non, il n'avait que quarante sept ans. Certes, il n'osait pas s'avouer que dans un mois, il abordait sa quarante huitième année. Il approchait à grand pas d'une nouvelle vie : la cinquantaine. Peut-être que son horloge biologique s'affolait… Il y avait bien quelques cheveux blancs qui essayaient de s'implanter en terrain inconnu. Mais il se sentait en pleine forme physique. Non il avait peut-être juste besoin de vitamines. Il avait surtout besoin de lier avec une nouvelle rencontre amoureuse.

Rien de plus simple, il lui suffisait de quelques clics de souris, de poster un nouveau message sur le réseau du cœur… puis d'attendre patiemment que le facteur du web veuille bien frapper à la porte de sa messagerie.

— Rejoins-moi vite sur ABC… le réseau du Cœur.

A comme Amour,
Amour d'un jour.
B comme Bonheur,
Bonheur du Cœur…

9 semaines et demie… 9 mois…
Plus si affinités… Toi et moi ?
Peu importe le temps,
Pourvu qu'on ait l'instant !

Bonheur éphémère, bonheur passionné,
Un seul être vous manque, tout est dépeuplé.
Pour le plaisir… cours-y vite…
De peur qu'il ne s'échappe trop vite…

— Bonjour, Jonathan
Amour d'un jour…
Peu importe le temps…
Bonheur éphémère…
Pour le plaisir…
Quel programme !

PS : Si le bonheur est dans les prés, j'y courrai dimanche, peu importe le temps…

Après avoir consulté ses messages, Patrick entra en dialogue avec Diana…

— Tu fais des pages d'écriture ! Tu écris dans ton salon… au bord de l'eau… sur le tapis… dans la salle de bain…

— Je me rends compte que tu es sur le site, et je ne peux t'atteindre, c'est rageant. J'écris pour le plaisir ce qui me passe par la tête, roman, proses… dans mon lit, dans les transports, au boulot… chaque fois que j'ai une inspiration. Je fais de la peinture…

— Au bord de l'eau… au bord de la Seine… de la Marne… au bord des saules pleureurs… une pensée pour moi ! Tu fais de la peinture… artiste… en quête de muse ! Et que penserais-tu d'une rencontre Place du Tertre ou dans un lieu que tu affectionnes ! Où tu te sens bien ! Je suis formidable quand même, je te laisse choisir ton terrain ! Terrain d'entente ou entente sur le terrain ! Tu écris… romancière… un roman sur… le courrier du cœur… ! As-tu déjà publié ?

— Non, jamais… c'est perso, c'est ma vie, je ne partage pas ma vie, mes pensées avec des inconnus… l'homme de ma vie oui, pour avoir son idée… Après ma mort, on en fera ce qu'on voudra… j'aurai existé et j'existerai encore dans le cœur de ceux qui viendront après moi.

— Tu as lu Paulo Coelho ! Quelles sont tes références littéraires !

— Je n'ai pas de références, je lis un peu de tout. Je n'ai pas d'auteurs privilégiés.

— Es-tu curieuse ? Construire un amour solide… chacun et chacune y rêvent. Et si rêve devient réalité ! Mais une heure… un jour… un mois… un an… dix ans… peut importe le temps pourvu qu'on ait l'ivresse du… bonheur éphémère de l'instant… entre deux êtres… Il faut savoir saisir chaque instant de bonheur… qui vient frapper à ta porte, et en faire une succession de bonheurs éphémères, parce que l'amour est le seul rêve qui ne se rêve pas !

— En effet, je suis très curieuse ! Serait-ce un défaut pour toi ? En ce qui me concerne, je vois cela comme un besoin de connaître les choses qui m'entourent, ou les gens que je croise… et ma curiosité me pousse ce jour à te demander d'en dire un peu plus sur toi car tu me laisses chaque fois sur ma faim, et c'est frustrant, je l'avoue ! Je sais… je devrais tenir compte de ta dernière phrase et apprécier ce moment de plaisir que je ressens lorsque je te lis… plaisir de quelques secondes mais dont j'espérais plus ! Je suis peut-être un peu trop gourmande, encore un défaut du taureau ! Pour revenir à cette phrase… « le bonheur n'a pas encore frappé à ma porte… » Soit il est passé durant mon absence, soit il est allé chez ma voisine ! Sur ce, la petite cigale te souhaite une bonne soirée. Et si vous me parliez de vous… vous m'intriguez tant !

— La curiosité est un vilain défaut ! Mais parfois… si elle est bien employée… elle peut se révéler un avantage. Mais en fait… toutes les femmes sont… curieuses… et commères ! Te laisser sur ta fin… sur ta faim… c'est peut-être une envie de se faire… désirer… peut-être ? qui sait ?

Pour moi, il est agréable de savoir que tu… prends plaisir à me lire ! J'essaie d'y mettre le meilleur de moi-même !

La gourmandise est aussi un vilain défaut ! Attention les hanches… les fesses… le ventre… sauf le chocolat pour lutter contre le stress ! Je sais attention… la bière ! Pour le bonheur, le marchand… a peut-être prévu de repasser ! Le webfacteur clic toujours deux fois… Et ta voisine elle est bien !

Le lendemain matin, ils reprirent le dialogue là où ils l'avaient arrêté.

— Hello !

1. je vois toujours la curiosité comme un avantage quand cela ne touche pas la vie privée d'autrui, bien entendu…

2. curieuse… commère… et souvent moqueuse, oui ! Je n'ai pas de copines, donc les commérages je les garde en moi !

3. j'aime jouer… et correspondre avec toi me semble être un jeu pour l'instant. Le gain est intéressant. L'amour est un trésor inestimable et il faut le gagner !

4. la gourmandise ! Je n'ai pas le problème qu'ont certaines femmes, je me porte bien physiquement… merci dame nature ! Par contre toi, avec la bière tu pourrais avoir à circuler avec une bouée de sauvetage à la ceinture ! En ce qui concerne ma voisine, elle est à la retraite depuis une dizaine d'années je crois, et je ne pense pas qu'elle puisse te convenir… ses hanches, ses fesses, son ventre ! Mais si cela t'intéresse, je suis persuadée que tu peux avoir le choix autour de toi !

— Amie du jour… bonjour ! C'est bien d'être curieuse sans entrer dans la sphère privée d'autrui… Je l'entend comme cela… mais pourtant Internet… c'est entrer quelque part dans la vie d'autrui… sans frapper ! Pas de copines ! Une vie de solitaire ! Une petite « ours » dans son refuge hiver comme été ! Moi qui pensais à une cigale qui chante tout l'été… mais qui se trouve dépourvue quand l'hiver est venu… recherchant « bisounours » pour la réchauffer ! On s'enferme chez soi et on parle à soi… attention on parle à soi pour éviter d'oublier que l'on se parle à soi-même… C'est comme cela que l'on commence une compagnie avec… Alzheimer ! A moins… qu'un maximum de copains… soient dans l'entourage ! Une joueuse… intéressant ! Jeux d'argent ? Je ne suis pas en quête de personne féminine… en retraite, tout du moins inactive !

— Bonjour ! Je donne l'impression de m'immiscer dans ta vie ? Essayer de m'accrocher à une branche tendue vers moi par le pur des hasards, sans doute… En ce qui concerne les jeux… jamais d'argent… Je ne suis pas chanceuse. Je préfère donner à un SDF plutôt que faire profiter le gagnant, en l'occurrence quelqu'un qui mise haut pour gagner plus. Cela me rassure pour tes recherches… donc, je ne suis pas inactive… et trop jeune pour la retraite !

— Elle aime… Bricolage ! Pierre par pierre, tu construis ton nid douillet… ou ta forteresse ! Tu répares ta moto… ou ton auto ? Cinéma… Titanic ! Tes goûts cinématographiques ! Musique… Juste un ami… Daniel… Michel Delpech ! Tes goûts musicaux hormis Diane Tell ? Restaurants végétariens… gastronomiques ! Voyages… voyages… toujours une valise prête ?

— J'aime un nid douillet pour commencer qui devient une forteresse pour protéger notre amour et notre vie… je n'ai ni auto ni moto… j'ai de bonnes jambes ! Ah, les films que j'aime sont contraires à mon tempérament calme, radieux, attachant, etc. J'adore les films qui font hurler de peur, les films qui font hurler de rire, les films qui font pleurer à chaudes larmes… je suis une émotive ! Restaurants chinois ! J'y vais tous les vendredis midi avec les collègues, sinon, je ne suis pas difficile et je n'ai pas à faire attention pour me priver de manger ! Tu me proposes un voyage ? l'Espagne ! Je suis une amoureuse de l'Espagne… ma valise est toujours prête… un mois avant !

— Déjà un début, un point commun, une connaissance musicale : Diane Tell !

— Et si Diane Tell… rapprochait deux êtres sans le savoir !

D'abord on dialogue, on échange

— A la petite cigale de Jonathan…

Bonsoir la petite cigale… qui fait la fête tout l'été ! Dans la catégorie voyage, tu serais plutôt deux valises pleines ou sac à dos léger ?

A choisir entre sept jours de découverte mutuelle, huit nuits d'amour torride, neuf semaines et demie de bonheur, ou neuf ans de partage de vies voire plus si affinités, quel serait ton élan du cœur !

Pour toi une union durable peut-elle fonctionner sans la partie « Sex and the city », le sexe et la ville ?

En es-tu arrivée à une « Desperate Wife ! » Femme désespérée !

Entre Amour platonique et tendresse ou amour charnel quelle serait ta préférence ?

De tes voyages réalisés, quel est ton meilleur souvenir, voire ton « Paradis » sur terre si ces derniers t'ont donné l'occasion de le trouver ?

Internet est-il pour toi un outil complémentaire pour une rencontre, ou attends-tu, par ce biais, « Le Prince Charmant ? »

— Le webfacteur frappe pour la 2ème fois ! pour Diana.

La petite cigale fait la fête (en solitaire) toute l'année ! Elle adore danser dans son salon !

Après le thème astral, j'ai droit à un test à présent ! voilà le comble !

Je suis joueuse, alors, je me lance !

1. Pour la 1ère question, je suis plutôt valise... coquetterie oblige (1 seule me suffit, quand même !) Je n'aime pas cette question... je suis persuadée que c'est une question piège !
2. Le partage de vies au pluriel, partage de plusieurs vies ? là tu m'accules au pied du mur ! Alors je me contente des 7 jours de découverte, je reste prudente !
3. Une relation où il ne serait question que d'amour charnel, n'est pas une relation... mais une union sans amour n'est pas envisageable non plus, j'opterai plus pour l'amour platonique et beaucoup de tendresse en prime !
4. Ma dernière découverte qui m'a laissée « sous le choc » l'Ardèche... ce peut être un paradis... mais je suis signe de terre, j'aime la nature et la terre est mon paradis...
5. Internet ! Quelle belle invention ! Mais le prince charmant existe-t-il comme dans les contes de fées ? Pourtant, il ne faut pas se leurrer, c'est ce que j'attends comme beaucoup d'autres ! Pas Prince, certes, mais quelqu'un de bien, tout simplement !

J'ai vu que le facteur a frappé pour la 3éme fois, je vais de ce pas, voir les nouvelles qu'il m'apporte ! (je suis gâtée aujourd'hui... ce n'est pas ma fête !)

— Bonne tentation... nid douillet puis forteresse pour deux êtres ! De bonnes jambes... permettent de mieux découvrir le Monde... qui t'entoure ! bien !

— J'ai horreur des films de peur... je préfère le rire et l'émotion... plutôt romantique type Gere/Roberts/Grant... autres Harrison... policier... enfin avec une histoire...

— Emotif et timide… mais je me soigne !

— Tolède !
— Prévoyante… valise toujours prête !
Tu me ferais plaisir… si tu trouves… un sac léger… c'est mieux pour le garçon qui le porte !

— Timide… je l'ai été… et je suis guérie… continue, tu es sur la bonne voie…
Non, ma valise n'est prête qu'1 mois avant 1 départ en voyage… et je ne pars pas tous les mois… travail oblige !
Pour le sac, je suis une grande fille, je suis tout à fait capable de porter mon sac moi-même ! je m'assume… mais entre nous… je serais prête à ne prendre que le strict minimum si quelqu'un insistait pour le porter !

— Un programme… rien que pour toi !
Message éphémère !
Amour… temps… bonheur… plaisir !
Message éphémère !
Dans quelques clics celui ci disparaîtra !
Saisis ta chance… saisis l'instant…

— Comment puis-je saisir ma chance en cet instant ? Je suis là, tu n'es pas là, tu reviendras et je serai repartie travailler.
Aides-moi !

— La vie… l'Amour…
On dit loin des yeux près du cœur… mais la distance ne tue t-elle pas l'amour ! La distance éloigne les corps, mais rapproche les cœurs !
Un coup de canif « dans un contrat » peut-il être pardonnable !
Une de perdue… dix de retrouvées !

Dix de perdus… un de retrouvé !

Les ronfleurs tuent… l'amour !

Au nom de l'Amour… peut-on, doit-on tout accepter ?

Par amour serais-tu prête à aller jusqu'à quitter ta ville… ta région… ton pays !

Proposition indécente : Si ta situation devenait très difficile, ou face à une situation d'urgence financière, accepterais-tu de coucher avec un inconnu, ou une inconnue pour… un million d'Euros ?

— La vie… l'Amour…

S'il y a amour profond et sincère, la distance qu'est-elle à côté des sentiments que l'on partage ! des moyens permettent d'être ensemble malgré la distance (téléphone, Internet, les week-ends…) Il ne faut pas non plus que cela dure une éternité… Moi pour ma part, j'ai besoin de l'Autre pour exister… et près de moi ! Le coup de canif au contrat est très douloureux, pardonnable mais inoubliable, c'est comme une blessure indélébile…

Dix de perdus… un de retrouvé… mais faut voir ce que l'on retrouve !

Pas de ronfleur… non plus jamais ça… plus de lendemains avec des yeux en capote de pousse-pousse… c'est pire que faire l'amour toute la nuit !

Par amour, je serai prête à partir au bout du monde, par contre, plutôt mourir que vendre mon corps (même pour une fortune) !

A présent, je vais travailler, bonne fin d'après-midi.

— Bonne fin d'après-midi !

Essayer de m'accrocher à une branche tendue vers moi par le pur des hasards… j'espère que tu n'es pas en état de désespoir (face à la dure vie… de célibataire… célibattante !)

Comme moi pas de chance au jeu ! (pas de chance au jeu… chance en… amour !)

40 ans… c'est seulement le premier tiers de la… Vie ! Bella la Vita ! Oui, elle est belle la vie, elle est plus que belle ! Pas inactive… de par le fait de tes messages… demande confirmation… à voir… Joker !

— Grand Dieu, je ne suis pas un cas désespéré… que vas-tu imaginer ? Il y a pire ! Tant mieux pour moi et c'est malheureux pour les plus désespérées… Ma vie de célibataire, je la trouve très belle même sans amour… et je l'assume… Mon boulot (j'évolue dans un monde masculin… je suis secrétaire administrative) me permet de voir du monde… mais dans le cadre du travail… hors travail… c'est une autre paire de manches ! Heureusement il y a Findus… Internet ! Que je consomme tout de même avec modération !

Tu en sais un peu plus chaque jour sur moi, et je ne sais rien sur toi… normal ? Tu ne serais pas dans une profession artistique ? Ou mon intuition féminine fait fausse route ? Je trouve que tu t'exprimes très bien… et je trouve que tu n'es pas dénué d'intelligence… mais je ne veux pas m'avancer… faut voir la bête ! (une expression !)

— Sainte Catherine… ou sainte Diane…

J'aime le classique… c'est pour cela que j'ai mentionné partition à quatre mains, référence au piano… mais j'adore aussi le violon… un instrument qui, à l'est, me porte !

Signe de Vénus ! Diane déesse de la Chasse et de l'Amour !

Ta valise est prête… je monte à Paris… direction Dubrovnik !

Une pensée pour toi… en septembre !

— Pas Catherine, Pitié… Mon prénom est d'origine slave… mais je ne suis pas slave… plutôt suave… (clin d'œil !)

Tu parles de tes voyages à l'Est... serais-tu originaire de l'un de ces pays, ou pour ton travail... La curiosité me démange !

Au fait, si tu montes à Paris... c'est que tu n'y habites pas... donc tu n'es point de Paris... ou alors je n'ai pas compris... Ne pourrais-tu pas avoir une pensée maintenant pour moi et te dévoiler un peu plus...

J'espère que ton prochain message alimentera ma curiosité !

— La senteur... et la couleur des choses...

Parce que tu as déjà fait l'Amour... toute la nuit !

Je pense que tu es une femme qui peut exister par elle-même... il suffit de le vouloir... et de t'en donner la peine... Vouloir, c'est pouvoir ! Je pense même qu'il ne faudrait pas te pousser beaucoup !

On vit bien mieux, lorsque l'on existe par soi-même !

A sacré coup de canif... pardonnable... mais inoubliable ! Elles n'oublient jamais !

Parfois on retrouve sur son chemin de légende personnelle... un être que l'on a déjà croisé dans une autre vie... un être qui se rapproche de vos aspirations... parfois il ne fait que passer... mais le temps qu'il passe... c'est très bon ! Il fait très beau... le jour où quelqu'un vous aime !

Je vois que tu as aussi connu les remèdes... contre l'Amour ! Le ronflement en fait partie... parfois on fait des efforts pour supporter... au nom de l'amour... mais sur la durée... on abandonne !

Partir au bout du Monde... par Amour... un point supplémentaire... pour la finale !

A qui sait attendre... le nombre des messages... les réponses suivent les questions !

Amicalement...

— L'amour toute la nuit... non ! Il faudrait être nymphomane et je ne le suis pas, heureusement. Il faut apprécier les bonnes choses de la vie... mais à petites doses, sinon on s'en lasse... ou le cas contraire, on ne peut plus s'en passer et cela devient du vice !

Je ne sais plus attendre, c'est encore un défaut qui me colle à la peau ! J'ai connu la patience, il fut un temps... mais elle est arrivée à expiration un jour de ras-le-bol ! Alors, combien faudra-t-il attendre de messages avant que je n'aie tes réponses ?

— Je n'ai encore rencontré personne !

Pas de rencontre sur le lieu du travail... pourtant il est de coutume de dire que les mariages se font de plus en plus par le biais de rencontres professionnelles !

Il ne faut jamais désespérer...

— Je n'ai encore rencontré personne... mais je ne désespère pas... je te rassure...

En plus, c'est la période des soldes... je compense par l'envie frénétique de me couvrir de cadeaux !

— En plus... Je ne suis peut être pas... un cadeau ! Mais pas non plus en... solde !

Faut pas rêver !

— Bonjour... Jonathan.

Merci pour tes nombreux messages... j'avoue que je les attends depuis ce matin...

Pour celui-ci, j'avouerai que je n'ai jamais espéré t'avoir en cadeau... je risquerais de mettre des années avant d'en défaire les nœuds ! Et si le paquet cadeau est si rigide... le contenant doit être d'une beauté rare... et d'une fragilité... exceptionnelle pour un homme !

— Je serais à Paris à compter du 13 juillet... peut être un bal... du 14 juillet ! Ou le feu d'artifice ! Pour le sac... je préfère que tu ne prennes que le strict minimum... voire rien… achat sur place… et tu portes ton sac ! Eventuellement je t'ouvre les portes, si besoin !

— A Paris le 13 juillet… et tu te trouves où, en ce moment ? à Dubrovnik ? au bal du 14 juillet… mais quel arrondissement ?

— L'amour toute la nuit…

C'est bon… mais il faut être encore assez sportif ! Combien de kilomètres de footing égal un orgasme !

La patience… reste patiente… la rencontre n'en sera peut être que meilleure…

— L'amour toute la vie… pour le nombre de km, c'est à toi de me l'apprendre, je ne pratique pas le footing… je préfère la marche ! Quant à la patience… pour ce genre de sport, je suis plus que patiente… je ne tente pas de sauts périlleux ! ça pourrait être dangereux ! (rires)

— Très belle même sans amour…

Je trouve que tu t'exprimes très bien… et je trouve que tu n'es pas dénué d'intelligence… mais je ne veux pas m'avancer… faut voir la bête ! (une expression !)

Des mots très gentils… à mon égard… la petite secrétaire administrative de… chez Findus !

Mais si ! Tu peux t'avancer, je suis beau, génial, intelligent et modeste ! Mais au fait quand nous voyons-nous ?

Tu n'as pas pris le temps de lire mon questionnaire de Proust… il ne t'a pas inspiré !

— Très belle même sans amour… Merci !

J'ai lu ton questionnaire ! Tu es donc un homme très rigide qui aurait besoin d'être décoincé un peu ! Tu me fais penser au bâton de berger de Justin Bridoux ! Je ne le pense pas sur le plan que tu imagines… mais dans la vie de tous les jours. Sinon, Nous avons à peu près les mêmes goûts, sauf pour la politique (ce n'est pas mon dada).

Tu serais roseau si tu étais arbre… je suis roseau dans l'astrologie aztèque… je plie mais ne romps pas !

A la réception de ce message, Patrick se souvint alors que dans chaque pays visité et aimé, et dans les lieux où il séjournait pour un temps plus ou moins long, deux éléments avaient sur lui une attirance magnétique : dans chaque paysage, l'eau et l'arbre, la mer ou le lac et, le saule pleureur. L'eau apaisait sa vie et, fermait ses cicatrices, alors son âme accueillait la paix. Le saule pleureur attirait son regard, et stimulait son imagination. Il apaisait ses sens. Il se voulait sérénité et inspiration. Alors revenait en sa mémoire, ce saule pleureur du jardin de la maison familiale des vacances de son enfance… Comme si, cet arbre voulait se faire à la fois « repaire de vie » et, « courroie de transmission » pour lui donner la force de poursuivre son chemin. Curieusement, des périodes de sa vie lui avaient souvent fait penser au saule pleureur : courber le dos, mais ne jamais s'abaisser, ne jamais se soumettre ! Plier, mais ne jamais rompre ! Subir, mais ne jamais abandonner ! Non ! Quelles que soient les douleurs, il ne faut jamais abandonner ! Quelles que soient les peines, il ne faut jamais renoncer ! Non, il ne faut jamais se résigner, comme l'écrivit Camus. Il y a un temps pour tout : un temps pour naître, un temps pour mourir ; un temps pour pleurer, un temps pour rire ; un temps pour souffrir, un temps pour guérir. A la fin des temps, comme il est bon de retrouver son âme !

Souple et tolérant, le saule pleureur s'enracine dans les terrains les plus ingrats, le malheur ni l'adversité n'ont jamais raison de lui. Subitement, il venait de prendre conscience que cet arbre était son « totem de légende personnelle ! » Il sait que pour connaître quelqu'un, c'est suivre ses chemins de pèlerinage, sur ses lieux visités et aimés… Parce qu'il s'y était attaché ! Parce que des événements de sa vie s'étaient déroulés à sa proximité !

Quand il mourra, il aimerait tant que l'on plante un saule pleureur sur la terre où il dormira, ou dans un lieu visité et aimé, où il aimait à s'attarder pour un temps. Il aime son feuillage éploré et son ombre. Son âme resterait ainsi présente en compagnie de cet arbre, et pour celles et ceux qui l'ont aimé. Et s'ils désirent d'un désir infini mieux le connaître, ils se lèveront. Ils renonceront à eux-mêmes. Ils se chargeront de leur croix et, suivront… ses chemins d'étoiles et de pèlerinages, ses chemins aventureux et de traverses, d'exil et de désert, de dialogue et de paix. Alors, il se révélera à elles et à eux, et ils le connaîtront mieux au travers de ses lieux visités, et au contact de ses rencontres aimées.

On voit si nos pouls s'accélèrent

— Bonjour… juste un ami ! Jonathan.

J'observe que tu sais danser (j'aime bien danser… un peu de tout) peut-être m'apprendras-tu la salsa !

Une coquette… qui se change pour chaque occasion !

Ah ces questions pièges ! (c'est juré je ne te ferais pas trop de misères avec des questions pièges !)

7 jours… prudence ! Mais c'est bien… 7 est un chiffre porte-bonheur de par le Monde (chiffre connu des voyageurs !) Mais aussi parce que Dieu a créé le monde en six jours, puis le septième jour il se reposa (la genèse !)

Et 7 jours c'est mieux que 7 minutes… on aura plus de temps pour éventuellement mettre en oeuvre les réponses aux questions que l'on se pose l'un sur l'autre !

Je suis au regret de t'informer que… l'Amour platonique… n'est pas ma tasse de thé ! Tendresse avec réciprocité bienvenue ! Cependant attendons les vieux jours (nous ne vieillirons pas ensemble !) pour la « Tendresse, … Bordel ! »

Tu n'as que 40 ans… c'est un âge où il est encore tout permis… et bien plus encore… (Bouge de là !)

J'ai découvert un Paradis sur terre… à l'occasion d'un de mes voyages de ces cinq dernières années : Dubrovnik !

Si le Paradis existe sur Terre, c'est ici qu'il existe… (comme l'a si bien souligné Bernard Shaw, également lors de sa découverte de cette ville de Croatie au bord de l'Adriatique et les îles croates…)

Le Prince Charmant (comme la princesse Diane ou la belle au bois dormant !) je pense que c'est comme le bonheur… c'est dans l'idée que l'on s'en fait ! En soi… selon comment l'on voit la personne… du sexe opposé !

Tu travailles à Paris !

Tu résides à Paris !

Je suis à Paris quelques jours. Arrivé le 12 juillet… une quinzaine de jours ! Festivités du 14 juillet… une cendrillon pour le 13 ou le 14 juillet ?

Je travaille dans le secteur du tourisme (consultant-conseil)

Amitiés… à la petite cigale !

— Ok, tu es dans le tourisme, d'où tes fréquents voyages ! Je te croyais artiste… comme quoi… mais tu peux avoir des talents cachés… comme moi !

Tu es vraiment seul pour le 13 juillet ? Pour un feu d'artifice ou pour un bal ? J'y serai certainement… et pour m'éviter de faire la potiche, tu pourrais m'inviter ! Diana.

— A Paris le 13 juillet…

Arrivé en France… ce jour !

12 arrivé… Paris bal 14 juillet/Arrondissement ?

— Bienvenu en France. Me diras-tu enfin de quelle contrée tu es ? Je suis sur des charbons ardents ! Tu seras donc au bal le 14 juillet… cendrillon sera là (elle chausse du 35, tu ne pourras pas te tromper de cavalière)… il faut juste lui indiquer le lieu où tu te trouveras… et le destin fera le reste.

— Je te remercie de te lancer les invitations… toute seule !

Il serait intéressant de se rencontrer le 13 ! Arrivé sur Paris, je prendrais connaissance de mes réelles perspectives ! Mais je pense que cela peut faire partie du possible le 13 ou le 14 juillet au soir… pourquoi pas !

Peut-être ai-je des talents cachés !

— Quels sont tes talents… cachés ?

Je parlais d'une invitation à danser, voyons ! Et j'ai envie de connaître celui qui se cache derrière ce pseudo…

— Je suis sur des charbons ardents ! Tu crois plus… au destin, au lieu d'une rencontre officielle !

Moi aussi… j'ai envie de connaître qui se cache derrière… ce pseudo, et je ne pense pas qu'il faut seulement laisser faire le destin… il faut l'aider… en lui fixant un rendez-vous…

— Heureuse de te lire ! Etonné ?

Tu me fais penser au pêcheur qui taquine la truite… pour mieux l'attraper… une image qui me vient à l'esprit.

La rencontre officielle ne fait-elle pas partie du destin ? N'est-ce pas le destin de nous avoir poussés sur ce site…

— Je suis en France… j'attends impatiemment… ton appel !

— J'arrive, je vais t'appeler.

— Et qu'est ce que tu as prévu… le 14 juillet ?

Je recherche dans ma liste !

— J'ai prévu de te rencontrer… n'était-ce pas convenu entre nous ? Je recherche dans ma liste… La liste seraitelle si longue ?

— La liste n'est pas très longue… mais de qualité !

Quelle est celle qui pourrait se pendre à mon cou… Juste le temps d'un slow ?

— Celle qui pourrait se pendre à mon cou… Juste le temps d'un slow ? Le 13 ou 14 juillet ! Pour le feu d'artifice ou les feux de l'amour ?

— Le 13 ou 14 juillet ! Pour le feu de l'amour ou les feux de l'amour ? Selon ne dépend que de la volonté de deux êtres ! Et parfois les feux de l'Amour peuvent se finir par un super feu d'Artifice ! Ils peuvent même être précédés d'une « étincelle » ou d'un « courant électrique » entre deux êtres !

A bientôt de te lire ! Pour le 14… j'achète une chaussure du 35 et la fait essayer par toutes les jeunes femmes !

— Je viens avec la mienne… au cas où la chaussure que tu apporteras, irait à l'une des autres jeunes femmes !

On voit si nos pouls s'accélèrent et, alors on décide de la suite !

— Je sens comme une… petite pointe de jalousie !

35 un petit pied ! joli petit pied !

Et oui… la chaussure pourrait aller à une autre… princesse ! Dommage car… vous vous sentez si proche enfin… Mais voilà qu'il file entre vos mains !

Jalousie, jalousie… quand tu nous tiens !

— Jalouse et possessive ! Je l'avais précisé, il me semble !

A +

Avant que le temps ne s'échappe

— Je te trouve en ligne… j'ai rajouté 30 minutes pour répondre à tes messages !

— Mon cœur palpite… devrai-je le dire ?

— Tu devrais lui dire !

— Lui dire quoi ? Qu'il me fait chavirer ? Que je me sens toute chose mais que je dois garder la tête sur les épaules ! Dis-le lui, toi, je n'ose pas !

— Avoir de nouveau envie de savoir ce que nous a écrit l'autre… n'est ce pas déjà un début… de recherche… de ce bonheur ! Cet autre, qui par ses messages vous donne une envie d'en savoir plus…

— C'est vrai ça, comme disait la mère Denis ! Et toi que penses-tu vraiment ?

— Quand tu aimes… il faut savoir dire les mots et faire passer les sentiments que l'on ressent… il faut oser… il faut croire et oser !

— Comment dire que j'aime quelqu'un que je n'ai jamais vu… Je ne pense pas que ce soit de l'amour (quoi que c'est un peu lié ce sentiment que l'on ressent lorsqu'on attend un message, un appel)

— Dire que tu aimes la confiture ! Dire que tu aimes le chocolat ! Dire que tu aimes la compagnie de tel ou telle ! En fait, il faut savoir dire ! Il faut dire, avant que le temps ne s'échappe, que la situation ne se représente plus jamais !

— Le verbe aimer est péjoratif, j'aime dialoguer avec toi, et comme j'éprouve du plaisir à manger la confiture de figues le matin, j'éprouve aussi du plaisir à lire tes messages…

— Je commence à apprécier tes messages… c'est comme une envie d'en redemander ! Est-ce cela de porter un intérêt à l'autre que l'on ne connaît point… qui commence à vous faire vibrer… le bout des doigts sur ce clavier !

— Ah, tu connais ça aussi ! Je pensais que tu étais insensible !

— C'est Diana… qui commence à m'attirer dans sa toile ! Plus que 9 minutes… de bonheur… de te lire !

— Ben voilà ! C'est Diana la gigantesque araignée qui a tissé sa toile pour attraper le pauvre et timide Patrick ! Attention, je suis dangereuse ! Je te mets en garde…

— Je ne suis pas… insensible à tes messages… A bientôt de te lire… Je quitte le site !

— Déjà ! Bonne journée alors, j'ai été heureuse de te retrouver là… tu vois comme le destin fait les choses, je venais juste voir si tu m'avais écrit… et je te trouve.

— Pour Diana… « La petite cigale du réseau »
Envie d'avoir envie

Sous le soleil de ma vie,
Des mots de minuit,
Dans la chaleur de mes nuits.

Petite cigale du réseau,
Apprivoise-moi
Par la couleur de tes mots.
Dame de cœur, pour toujours,
Illumine mes jours.
Oiseau de mon cœur,
Pour moi sonne l'heure.

Petite cigale du réseau,
Appelle-moi
Par la musique de tes mots.

Un nouveau message,
C'est loin d'être sage.
Prisonnier de ta toile,
Guide mon étoile.

Petite cigale du réseau,
Juste un mail
Trouble-moi de tes mots.

Rien que pour le désir
D'apprendre à dire
Un tableau de mots.
C'est un beau cadeau.

Petite cigale du réseau,
Juste un mail
Il fait très beau.

— Très touchée par ton poème,
Mon corps tremble et vacille.
Tous ces mots qui s'enchaînent,
Tourbillonnent dans mon esprit.
Et les petites larmes d'émotion,
Qui coulent le long de mes joues.
Je te les offrirai en potion,
Jusqu'à t'en rendre saoul !

Je navigue sur la toile et, j'ose

— Jonathan

Attention, je suis dangereuse ! De quels dangers dois-je me méfier ! Mante religieuse ! Tu consommes les hommes… puis tu les fais disparaître !

— Diana

Que vas-tu penser ? On parlait d'araignée, je crois… pas le temps de chercher dans mes archives… cervicales… et puis… trop de fouillis ! Je crois que tu te méprends sur mon compte… je suis très inaccessible… mais… je pourrais être une mante religieuse.

— J'ai dit, on m'aime bien parce que tu es amusante !

Aimer à la folie je ne sais pas si c'est la meilleure chose… le mot folie exprime déjà bien des dangers… la passion est souvent destructrice… les histoires d'amour passionnées se terminent mal en général !

— Les histoires d'amour finissent mal… en général… c'est une chanson… alors… ne nous aimons plus… faisons la guerre… et tout sera bien dans le meilleur des mondes !

— Et les petites larmes d'émotion… Très joli… aussi !

Combien donnerais-je pour calmer ton corps… et boire tes larmes d'émotion !

— Un rêve…

Un ange passe et vous sourit.

Vous courez heureux vers lui.
Vous vous sentez si proche enfin…
Mais voilà qu'il file entre vos mains.

Pourquoi ne m'as-tu pas appelée aujourd'hui ?
J'ai essayé de te joindre 2 fois ce matin !

— les… vénusiennes ! On m'a rapporté que les « vénusiennes » ont tendance à rester prisonnières de leur peine, à douter de leur faculté de séduction, à se réfugier derrière leurs enfants, ou à rêver totalement au-dessus de leurs moyens ! Mais je n'ose le croire ! Je suis de ceux qui pensent que lorsque tu séduis… tu ne sais plus t'arrêter ! Que le rêve d'une rencontre… reste accessible !

— On t'a leurré ! Je suis sans doute vénusienne, mais libre de toute contrainte et mes enfants ne sont désormais plus un frein à ma liberté et ne l'ont jamais été… J'ai un pouvoir de séduction très grand… de loin ou de prés… la preuve… n'es-tu pas séduit par ma mystérieuse personne ? Lorsque je séduis… je m'arrête sur celui que mon cœur a choisi, celui qui arrive à conquérir mon cœur… et là, l'accessibilité est de mise !

— Lady Diana ! Je suis Patrick.
Ma vie, mon histoire, te fascinent.
Autant que la lumière si particulière de mes mots, mon âme est immensément forte et vive.
Elle aime la musique des mots, le soleil des cœurs, les grandes histoires d'Amour…
Lady Diana, la déesse de l'amour ! Je suis Patrick.
Et mon cœur bat pour toi.
L'entends-tu ?

— Oui, je l'entends !
J'entends ton cœur battre dans ma tête.

C'est comme une musique un jour de fête.
Tu me raconteras le jour venu ton histoire,
Et tous ces mots séducteurs dont tu me pares.
Diana (Babeth) sur ton cœur a hélas dirigé sa lance,
Et t'entraîne chaque jour vers une nouvelle danse.
J'aime aussi la musique des mots (on ferait un beau duo)
Serais-tu amoureux de Babeth (Elisabeth)… ou de Diana ?

— Dois-je me laisser dicter mes émotions !
Quelle est cette machine qui prend sur mon esprit…
Les machines ne sont-elles pas faites pour obéir aux hommes… et non l'inverse ! Le net en viendrait-il à dicter mes sentiments… C'est à mon mental, à mon cerveau, gauche ou droit, de me dicter mes émotions, et à lui seul ! Je dois garder les pieds sur terre !

— Patrick, je te rassure, je ne suis point une machine… mais un être humain, fait de chair, d'os et de sang… Je te sens désespéré(…ment)… (é)perdu ! Cool, Raoul, je suis là… et tu es libre de décider de ta vie ! Je crois que tu as les pieds sur terre… sinon, tu serais déjà là, devant moi !

— La fée Diana ! La fée Diana s'est installée sur la Toile…
Dans l'antichambre des émotions,
Je fonds de plaisir,
Avec une fille nommée Désir.
Le soleil voyage dans la Toile.
Il éclaire l'inspiration
De mes messages à une étoile.
Je soigne mes maux,
Avec la palette des mots.
Je pense, j'oubli.
Je retrouve le fil.

Je rayonne.
J'abandonne…

— La petite araignée sur sa toile fond de plaisir en lisant ces merveilleux vers que tu lui dédies. Elle t'observe, elle imagine tes moindres délires. Elle attend le jour magique pour assouvir son envie de faire ta connaissance !

Patrick ? Tu abandonnes ou tu t'abandonnes ? Précise !

Je t'envoie un petit bisou… si tu le permets.

— Bonne nouvelle… je pense à toi !

— Comme il est agréable de savoir que l'on occupe une petite place dans les pensées de l'autre ! C'est une excellente nouvelle…

— Le jour venu… j'espère que mon cœur te fera tourner la tête, comme à te rendre saoule avec une danse ! Faire un beau duo… pour écrire une partition ou un roman à deux mains ! Je n'ai pas connu Diana (On rêve toujours d'une belle princesse… ce n'est pas du seul domaine des femmes !) N'ayant pas encore partagé des instants réels (aujourd'hui virtuels !) avec… Babeth, je ne sais si cela se dirigera vers des sentiments amoureux !

Certaines et certains développent une double, voire une triple personnalité (il y a la personne que l'on est, celle que l'on crée par l'imagination, et celle dont on rêve d'être…), en un mot : celle que l'on rêve d'être, celle que l'on croit être, celle que l'on est ! D'autres vivent deux vies, voire trois vies parallèles, enfin d'autres sept vies. N'as-tu pas peur (ou est-ce ta recherche !) de vivre deux vies parallèles « une vie réelle » (professionnelle et familiale) et, « une vie virtuelle » (amoureuse avec le net comme témoin) ?

— J'aime les mots qui font tourner la tête, j'aime les mots qui virevoltent autour de moi, me pénètrent et m'emportent de bonheur.

Pour répondre à ta question, le but de ma recherche n'est pas de vivre une vie virtuelle… que peut-elle m'apporter de plus que ces petites surprises que sont les messages… l'amour par Internet, je ne connais pas et n'y crois pas… j'ai besoin de voir l'autre pour être amoureuse ! On peut ressentir bien sûr plus d'attachement à telle ou telle personne parce qu'affinités, jeux de mots, etc.

Tu me plais pour ton intelligence, pour ton côté poète, (j'oublie momentanément ton signe astrologique ! Rire) J'aime correspondre avec toi, je te l'ai dit, je pense.

— Je parlais de ce site sur le net !

Peut-être veux-tu dans ton for intérieur… que j'accours !

— « Peut-être veux-tu dans ton for intérieur… que j'accours ! » très bien dit !

Comment ne pas espérer rencontrer quelqu'un qui, au fil des jours, vous intrigue, vous attire par ses mots, vous surprend, vous fâche (parfois), mais vous cause cette sensation agréable qui vous fait croire que vous êtes unique dans ses pensées (c'est ce que je m'évertue à imaginer sachant que je me trompe)

— Un homme nommé Désir !

Ta patience est arrivée à expiration un jour de ras-le-bol !

Rupture du contrat « Patience », pas de nouvel abonnement possible ? J'ai tendance à penser que… c'est toi qui pars. Mais le plus malheureux des deux n'est-il pas toujours celui qui reste ?

— Je ne pars pas… je suis là ! pourquoi cette idée ?

Pour ta dernière phrase… celui qui reste est malheureux s'il est abandonné… Tu es malheureux parce que tu penses que je m'éloigne ?

— Aimer…

Aimer
Ce n'est pas
Se regarder
L'un l'autre
Mais
Regarder ensemble
Dans la même
Direction
(Antoine de Saint-Exupéry)

— Si tu veux être aimé, aime (Sénèque)
Tu me connais assez bien déjà… j'apprécie !

— J'ai mal !

Dans les terres du Mont Noir
Je pense à tes yeux noirs.
Du bleu au cœur,
Du vague à l'âme,
Des messages sur l'écran rose,
Je navigue et j'ose.

Affaire de cœur,
Affaire de peau,
J'ai mal, j'ai ultra mal.
J'ai mal, je rame.

A fleur de cœur,
A fleur de peau.
J'ai mal, j'ai ultra mal.
J'ai mal, je rame.

— Je te guérirai de tes maux… pour l'instant, il est 7h30 et je dois filer me préparer pour aller au travail… Je viens de casser le charme… mais j'y reviendrai… Merci pour ton beau poème… je voudrais te guérir de tes maux… je sais que mes mots ne suffisent pas !

Bonne journée !

Les plaisirs de la toile enchantée

— Jonathan

A la Petite Princesse des cybercœurs… Diana !

L'essentiel est invisible pour les yeux.

C'est le temps que tu as perdu pour ta rose qui fait ta rose si importante.

Tu deviens responsable pour toujours de ce que tu as apprivoisé.

Tu es responsable de ta rose…

— Diana,

Es-tu encore là, Patrick ?

— Jonathan

Oui, pour 26 minutes… au compteur !

Diana

C'est dingue, j'arrive au bon moment… même pour si peu tant pis.

— Jonathan

Les Plaisirs de la Toile enchantée…

Le jour où elle rendit visite au Prince Jonathan sur le réseau du cœur, la fée Diana – fée de la Toile, et des mots – fut prise à parti par le Prince Jonathan : Comment ne périssait-elle pas d'ennui en ses terres citadines ?

Prince, lui répondit-elle, je vous mets au défi de gagner mon cœur sur le réseau par vos mots. Et, 6 jours durant, de goûter les plaisirs que je vous y ménagerai. Le 7éme jour, vous-même répondrez à la question que vous venez de me poser.

(Le Prince Jonathan savait que le chiffre 7 lui porterait chance, parce que Dieu avait créé le Monde en 7 jours)

(Le chiffre 7 était celui de la fée Diana – elle savait que ce chiffre portait chance de par le Monde)

Alors, la fée Diana, par un sortilège de sa baguette, enchanta le Prince Jonathan. Alors, il se transporta vers elle jusqu'à la Capitale où elle lui offrit les Plaisirs de la Toile enchantée…

Pour Diana

— C'est un vrai et beau conte ! Mais je reste sans voix et ne sais quoi répondre !

— Pour réchauffer tes mille et une nuits…

La chaleur au bout de mes doigts
Qui vibrent sur le clavier…
Un fil rouge entre toi et moi,
Un souffle pour réchauffer
Tes mille et une nuits
Aussi douces qu'un fruit…
Pour Diana

Ses mensurations sont : taille : 1m75, tour de taille : 52 cm, tour de poitrine : 95 cm, tour de hanches : 95 cm.

Qui suis-je ? Miss France 1958 !

— Je n'ai pas les mensurations de Miss France ! Désolée !

— Tu sais les hommes viennent de la planète… Mars !

— Je l'ai ouie dire… c'est pour cela donc que personne ne rencontre l'amour !

— Je te sens défaitiste ce jour !

— Je ne suis pas défaitiste… Je m'ennuie et suis un peu triste ! Pas toi ? Que fais-tu ce week-end ?

— Quelle est la source de ton ennui… ?

— La solitude est source de mon ennui ! Peut-être le temps froid et pluvieux qui fait que je me cloître chez moi… et aussi que je ne te connais pas, et tu es loin.

— Le rouge… et le noir !
Le rouge te va si bien…

— J'aime ces couleurs, et je m'habille souvent en rouge… et noir

— Musique… Je sens la femme au sang, aux sens, … chauds !

— Wouah ! Tu devines juste ! J'ai le sang du chaud soleil du midi ! J'aime la musique, j'aime bouger, j'aime rire, je suis très vivante.

— Quel programme…

— Ne te fais pas d'illusions… je ne vais pas danser le flamenco !

— Gare du Nord ! Tout était dit… revoir message !

— Exact, sous la pression dans laquelle tu me fais vivre en ce moment même, je perds le nord… mais pas la gare ! Je relirai à tête reposée… plus tard. Tu seras seul ?

— Et tu es vraiment seule ! Ton voisin… un de tes collègues de travail… le garçon que tu vois chaque jour… ou chaque soir dans ton moyen de transport !

— En ce moment, je suis vraiment seule… avec Carlos Santana ! Et… toi !

— Ne te fais pas d'illusions… Qui sait… après m'avoir rencontré !

— Et alors ? Veux-tu seulement me rencontrer ?

— Tu seras seul ? Je ne sais pas… dois-je me faire accompagner !

— Je ne sais pas, si c'est le cas… je ne sais si j'apprécierai !

— Chaque jour qui passe, tu occupes… un peu plus mon esprit !

— L'araignée !
Chaque jour qui passe, tu occupes le mien ! Le fil de ma gigantesque toile se solidifie au fil du temps.
Comment le reconnaître parmi tant d'autres ? Je ne possède pas de photo !

— Comment le reconnaître parmi tant d'autres ? Je ne possède pas de photo !
Si tu souhaites vraiment cette rencontre… je sais que tu sauras me reconnaître !

— Le destin me guidera… Bonne soirée, et bon voyage…

Après s'être fixé rendez-vous dans un de ces lieux magiques ou romantiques de « Paris, mon amour », propices aux premiers rendez-vous, comme la Place de l'Hôtel de ville avec la complicité du « baiser des amoureux », ou à Montmartre avec la complicité des peintres et portraitistes de la Place du tertre pour immortaliser « un coup de foudre à Paris. » Au premier regard, il l'a reconnue. Diana portait élégamment le rouge et noir, tout comme Jonathan l'avait imaginé…

A sa rencontre, il avait le sentiment de faire une Belle Rencontre. Ensemble, ils entreprirent « la traversée de Paris », sans Janvier et son jambon, du film mythique du même nom. A la rencontre du fleuve, ils s'attardèrent sur ses berges, comme les amoureux de la Seine, fidèles à ce « Paris, leur amour. » Au fil de leur conversation, le désir montait. Leurs corps se reprochaient. Leurs pouls s'accélérèrent. Sous le regard des touristes japonais sur les bateaux-mouches, ils échangèrent, alors, leur premier baiser… Le feu allumait la flamme de leur romance, « la romance de deux amants de Paris. »

Retour dans le monde réel

Chagrin mes yeux se noient dans un océan de larmes, depuis que notre amour s'est effondré !

Je sais, c'est toi qui m'as quitté.
Mais pourquoi je t'ai laissée partir, alors que je t'aimais à la folie ?

Un jour tu m'as dit, je t'aime.
Le lendemain ma vie était bohême !

Mon cœur est au désespoir présent.
Mon cœur a éteint sa flamme pour laisser place aux larmes.

Le rouge a inondé mon âme.
J'ai repeint ma vie en noir, depuis que tu ne fais plus partie de mes envies d'aimer.

Alors, quittant la route de Babeth pour suivre les pas de Sissi, « Jonathan » repartit sur les routes autour du Monde… vers des chemins aventureux !

A l’Est de l’amour

Sur le pont Tumski

Selon la légende, une sirène apparut à deux amoureux, « Wars et Sawa », et leur demanda de fonder une ville glorieuse et heureuse. La sirène devint ainsi l'emblème des armoiries de Varsovie. Varsovie accueille Jonathan sans sa « sirène. »

L'air particulier de la « Stare Miasto », la vieille ville, est à la fois romantique et pesant de souffrances. Ruelles d'ancien « ghetto », mariage sur la « route du bonheur », comme si cette ancienne cité respirait de nouveau le bonheur et s'élançait vers des jours nouveaux où tout est possible ! Enserré entre deux ruelles, quel est le passé de ce bar « mieczny ? » Quelle histoire est écrite sur les pierres qui restent de ce ghetto ? La musique rythme la vie. Alors, Jonathan se souvient de cette musique d'orchestres qui accompagnent les jours heureux, et malheureux ou tragiques. La musique, « univers polonais », est omniprésente dans la « Stare Miasto. »

Là où coule la Vistule, lentement, imperturbablement, l'enfant insurgé monte la garde. Alors du classique au jazz, la musique envahie la ville. Te souviens-tu des jours heureux, te souviens-tu des jours anciens ? Au rythme des « Blues Fellows », le ventilateur brasse l'air du temps passé, brasse l'air du temps qui passe, brasse l'air du temps présent. Varsovie détruite plusieurs fois, tu renais toujours plus forte et plus belle. Varsovie humiliée, Varsovie martyrisée, mais Varsovie debout.

Dans le parc Lazienki, prés du Palais sur l'eau, Justyna lui offre une de ses compositions musicales. Il y retrouve la délicatesse et le « lyrisme polonais » quasi-irréel. Jonathan pense alors à Chopin, révolté, qui toute sa vie s'est éloigné des sentiers battus, recherchant toujours de nouveaux moyens d'expression. A cet instant, il se retrouve assez bien dans l'état d'esprit de cette « vie à la Chopin », ne pas suivre le chemin déjà tracé. Aujourd'hui plus qu'hier et bien moins que demain, il s'était juré de quitter les sentiers battus et, de se tracer sa propre voie, contre vents et marées, tourné vers l'avenir, oubliant résolument son passé pour entrer sans état d'âme, avec confiance, dans le futur de sa légende personnelle.

Alors, au son du violon, il ferme les yeux. Les images de la Pologne défilent devant ses yeux : les rois de Pologne et les réceptions couronnées, Napoléon et Marie Walewska, Stanislaw Leszczynski, Joseph Poniatowski et Alexander Walewski, Frédéric Chopin et Marie Skłodowska-Curie, Guillaume Apollinaire et Nicolas Copernic, … les partages de la Pologne, Katyn, Auschwitz et Birkenau, le pacte de Varsovie, et les amitiés particulières entre la France et la Pologne, … puis l'image de la Pologne d'aujourd'hui, tournée vers l'avenir. La jeunesse rayonnante, ses forces armées et sa diplomatie qui s'engagent sur le chemin européen. C'est sa certaine idée de la Pologne qui se construit.

Tombeau du soldat inconnu « polonais », il se souvient. Pologne, souviens-toi d'Arcis-sur-Aube, d'Arras, de Saint-Hilaire Le Grand, du Clos du Doubs, de Falaise-Chambois, des plages de Normandie… Pologne souviens-toi de cette terre de France. Pologne, toi que la France a aidé à te former, et reconstruire ton armée en 1941. Pologne, o' toi « Pologne couronnée » qui fait les yeux doux aux « monarchies européennes » et aux Etats-Unis d'Amérique. Que reste-t-il de nos amours ? Pologne, o' toi qui apprends la langue de Shakespeare ou de Goethe. Que reste-t-il de la langue de Molière ? Pologne, o' toi dont des enfants sont venus mourir en Normandie, alors que je n'y étais pas ! Que reste-t-il de nos amitiés particulières d'antan ! Que fait la francophonie ? Pourtant la France se souvient. Jonathan se souvient.

Varsovie, ville des palais, des églises et des fêtes que fend de part en part, l'épée scintillante de la Vistule. Sur cette terre polonaise, au bleuet et au coquelicot, ajoutez la blanche marguerite et vous aurez le drapeau français ! Il quitte Varsovie, mélancolique et pensif, comme ces saules pleureurs penchés sur la plaine de Mazovie.

Wroclaw, île de la cathédrale, sur le pont Tumski, leurs regards se croisent, puis se croisent de nouveau, à cet instant tout est possible. Térésa le guide à la visite de l'île sur sable et, de la cathédrale. Dans cette « petite Venise polonaise », sous le pont Tumski coule l'Oder. Leurs regards semblent ne plus se quitter. Enlacés dans le parc, leurs lèvres se frôlent. Sous l'ambiance particulière des vieux réverbères à gaz, à cet instant tout est possible ! Oui, ici il reste un allumeur de réverbères ! Ici, tout est possible. Oui, ici tout est possible. Jonathan goûte à nouveau au goût sucré de ses lèvres. S'il suffisait qu'on s'aime. S'il suffisait d'aimer… Je ferais de ce moment une éternité. Faut-il attendre, attendre désespérément ce qui ne peut venir ou qui ne viendra plus. L'unique façon d'échapper à cette faim de l'âme, jamais rassasiée, c'est de l'ouvrir aux autres : aimer.

Oiseau de mon cœur, tu me souris.
Tu me regardes comme si
dans mes yeux tu voyais une cathédrale gothique.
Sous le pont Tumski coule l'Oder.

C'est le temps qui s'enfuit, et
tu le laisses couler entre tes doigts.
Tu ne veux pas saisir le temps.
Place de la Cathédrale, je t'embrasse,
Mes doigts plongés dans tes cheveux.
Je sais que ta bouche est très belle.
Tout plein de la mémoire du toucher de mains,
de lèvres, de baisers, d'enlacements…
Oiseau de mon cœur, je te souris.

Sous le pont Tumski coule l'Oder.
Est-ce la conscience de la caresse ?
Place de la Cathédrale,
Habite l'amour
Vêtue de baisers.

Ils restent assis encore quelques minutes, sur ce banc prés de « leur arbre », pour goûter ces instants. Leur cœur et leur âme redescendent doucement sur la berge du temps présent.

« Restauracja Lwow », il lève son verre de « vodka » à ses… 48 années écoulées ! Quarante huit années de « chemins de traverses. » La vie passe à la lueur de cette bougie allumée sur leur table. « Na Zdrowie! » Santé ! « Szansa na sukces ! » Chance aux succès ! sur la route de ta 49éme année ! Sur la route… voyage, voyage, ne t'arrêtes pas. Ici, comme là, vivre c'est avancer sans cesse. « Powodzenia ! » Bonne chance ! « Wszystkiego najlepszego na wrodziny ! » Bon anniversaire ! Jonathan lui offre une rose, « à la Polonaise. » Il aime cet instant. Il aime ce moment éphémère.

Térésa, tu te fais soleil de mes matins. Térésa, tu es le soleil de mes soirées. « Ladny Kwiat dla Ladny Kwiat ! » Une jolie fleur pour une jolie fleur !

En soirée s'inscrit le mot « fin », sur fond de carte postale du film « Pearl Harbor ! » C'est comme un au-revoir. « Do Widzenia ! » Leurs doigts glissent lentement les uns sur les autres. Avant de rejoindre l'hôtel, Térésa croise encore une fois son regard… comme pour lire dans les pensées de Jonathan. Bons baisers de Wroclaw ! Ne jamais se retourner, et pourtant ! Térésa à cet instant est une âme dans un écrin d'ambre ! Térésa est là comme une femme étendue sur une couche de satin, vêtue d'une simple rose blanche, une parure d'ambre sur sa peau, une couronne de fleurs dans sa chevelure claire. Elle semble dormir, un sourire aux lèvres. Mais son cœur bât au rythme d'une mazurka ou d'une polka. Son teint est d'une exquise transparente. Térésa ressemble à « la Belle au bois dormant. » Elle est aussi fragile qu'un songe. Un « nouveau » romantisme habite les jours polonais de Jonathan. Alors, il lui confie son secret : « On ne voit bien que par le cœur. L'essentiel est invisible pour les yeux. »

Térésa, son âme est comme un bijou dans un écrin d'ambre. Auprès d'elle, Jonathan avait trouvé « le repos de la Sentinelle de la Paix » pour quelques mois. Et puis après ? Quand l'image de son visage, et les sensations de son âme, de son parfum, la mémoire du toucher de mains, de lèvres, de baisers, d'enlacements ont bien fonctionné ? Quand ce pointillé d'impressions juxtaposées s'est bien lié ? Un beau matin, il reprend le large… mais une part de son cœur et de son âme « française » sont restées auprès d'elle, auprès d'un être aimé, auprès de Térésa.

Jonathan vit intensément chaque chose, chaque instant, chaque histoire. Il se venge du présent sur l'avenir. Comme un oiseau « fidèle et passionné » qui ne tient pas en cage, il repart en quête d'une nouvelle histoire. Il laisse une part de son cœur et de son âme auprès de l'être aimé, auprès de son « arbre totem », un saule pleureur, dans le pays visité. Il appelle cela « le syndrome de Casanova » : « tomber en amour » dans un endroit « romantique » d'un pays visité. Comme s'il était écrit que sa vie sentimentale devait être ainsi. Comme si sa vie sentimentale ne valait la peine de n'être vécue qu'à la Casanova, ou à la Don Juan. Les rencontres le fabriquent et l'emportent vers d'autres lieux. Alors il vit à la Casanova, ou à la Don Juan…

Une saison slovaque

Les premiers rayons de soleil inondaient la chambre que Jonathan avait louée au « Vagonar » à Poprad, en Slovaquie. Poprad était, en ce mois d'août, une de ses bases de tranquillité. Il avait appris à aimer ce pays qui se voulait havre de paix et de sérénité. Il appréciait plus particulièrement la sérénité de vie qui y régnait, et qu'il dégageait de par les visages avenants. En particulier la sérénité, et la beauté que dégageaient les visages des jeunes femmes slovaques. Il aimait à dire : « Demain est un autre jour ! » Lorsqu'il se sentait dans un tel lieu. « Elle n'est pas belle la vie ! Oui, elle est belle. Non, elle est plus que belle. Plus belle la vie ! » C'était son credo.

Pour apprendre une langue étrangère, pour apprendre tout court, il faut se donner une bonne raison. L'apprentissage et l'efficacité n'en sont que meilleures. Il ne savait pas que ses chemins européens allaient le conduire plusieurs fois en Slovaquie. Mais peut-être était-ce cette rencontre avec une jeune femme slovaque à l'auberge internationale de Boston, qui avait précipité cette destinée… C'était écrit !

Dancing Ryba, Poprad, sa rencontre avec Irena allait tout déclencher. Ces quelques pas de danse avec une femme qui a la sérénité de son pays, la beauté de l'Italienne, et l'élégance de la Française. Irena formait à elle seule le trio de la femme « idéale » qu'il recherchait. Au-delà de la danse, leurs échanges ne pouvaient ni se faire en anglais, ni en allemand. Si leurs gestes, et leurs baisers adoucissaient leurs moments passés ensemble, il fallait bien aller plus loin : communiquer. « Problema... Catastropha ! » Il enrageait à l'idée de ne pas pouvoir communiquer en slovaque. Il en comprenait quelques mots, et ses voyages lui permettaient de se faire comprendre en anglais, mais ses notions de slovaque se trouvaient réduites. Après ces quelques jours passés ensemble, à Poprad, sa douce Irena fit route vers Bratislava. Il s'en irait rejoindre sa Princesse « Irena » en septembre ! D'ici-là, il décidait d'apprendre une nouvelle langue étrangère... le slovaque... avec Irena !

Oiseau de mon cœur en Slovaquie.

Une jolie femme slovaque,
A la beauté italienne,
Et à l'élégance française.
Tu es le soleil de mes nuits.

La lune éclairait nos baisers.
Oiseau de mon cœur,
Jolie femme slovaque,
Tu es le soleil de mes jours.

Slovaquie, Poprad.
Embrasse-moi toujours...

(Pour Irena, de Jonathan)

Il ne savait pas que ses chemins européens le conduiraient une nouvelle fois en Slovaquie... Il ne savait pas qu'au dancing Ryba, il allait faire une belle rencontre. C'est une Belle Rencontre. Leurs baisers adoucissent leur difficulté de communication. Il ne parlera peut-être pas beaucoup sa langue slovaque. Peu importe, peu lui importait le temps qu'ils seraient ensemble, mais il était bien et c'était du bonheur avec elle, Irena.

Sur mon chemin slovaque,
Dans la chaleur de la nuit,
Tu es ma douce cigale.
Permission de minuit.

Tes yeux sont les raisins,
De l'Amour et du vin.
Le rose de tes joues,
Te fait bijou.

Tu es mon Diamant.
Je suis ton écrin.
Comme deux amants,
Je suis ton italien.

Tu t'éloignes au loin,
Sur le quai de gare,
Le destin entre nos mains.
C'est un nouveau départ.

Ta conquête s'écrit Tatras.
Eteins les feux de l'Amour.
Irena s'écrit Tatras,
Embrasse-moi toujours…

(Irena s'écrit Tatras, de Jonathan)

Mon soleil de Poprad… te souviens-tu quand nos regards se sont croisés au dancing Ryba ? A ce moment, Jonathan a su qu'il faisait une belle rencontre. Va savoir, c'est peut-être ça l'Amour ! Tes baisers sont comme un goût de miel pour l'éternité. J'aime la tranquillité de Poprad, à l'abri des Tatras. Dés la rencontre de ton doux visage publicitaire de « BonAqua », j'ai su que j'avais trouvé ma nouvelle patrie. J'ai su que j'aimerais la sérénité de vie de la Slovaquie. Je t'écris… mais je ne sais pas si tu veux me revoir à Bratislava ? Excuses-moi pour mon slovaque ! Mais chaque jour, que Dieu fait, j'apprends… Je t'embrasse fort… pour que mes baisers accompagnent tes nuits. Fais de beaux rêves.

(Mon soleil de Poprad… de Jonathan)

Peut-être vais-je aller à Bratislava ? Si tu es libre ? Si tu veux ? Irena me manque… Tu me manques. Peut-être vais-je sauter de Popradské pleso ! Mille baisers de Poprad.

(Chère Irena… de Jonathan)

Je pense à toi Irena. Je pense à notre belle rencontre au Ryba. Je pense à nos baisers dans le wagon du Domenico…

Avec toi Irena,
Le premier jour, même,
La vie s'écrit poème.
Tu es le miroir,
D'un tendre poison.
Sur moi, joue la magie noire,
De tes yeux marrons.
Avec toi Irena,
J'ai osé, j'adore.
Notre romance est un trésor…

(Bonne nouvelle… je pense à toi Irena, de Jonathan)

Vagonar, le Wagon… le Wagon du Domenico s'était fait le témoin de la découverte de nos corps, de nos âmes, de nos sentiments. « Problema… Catastropha… » Tu es l'été, je suis l'automne. Avec toi c'est un bain de soleil.

« Ti amore. » Ton amour est un bain de soleil à Poprad. Tu es la croix qui guide mon chemin slovaque. Le Prince « Jonathan » avait fait des voyages autour du monde. Il avait vu des bijoux et des merveilles, mais jamais d'aussi joli qu'en Slovaquie. Un diamant brillait à Bratislava. Alors il voulut s'en faire l'écrin…

Bratislava, je suis venu… mais tu n'es point là ! Notre romance qui commençait à peine se noie dans les eaux du beau Danube bleu… Que c'est triste Bratislava… quand on ne s'aime plus !

Sur le Danube…
S'écrit le mot « fin. »
Après la nuit…
Toujours le jour revient.

Bratislava…
Tu n'es point là.
Irena…
Notre histoire d'amour s'en va.

Sur le Danube…
S'écrit le mot « fin. »
Après la pluie…
Toujours le soleil revient.

Bratislava…
Tu n'es point là.
Irena…
Notre histoire d'amour s'en va.
Dans le cours du Danube…
Une belle femme slovaque s'en va.
Dans le cours du Danube…
Le souvenir de Poprad s'en va.

Alors, Irena allait lui créer la surprise du lendemain. Ils s'éternisent devant le coucher de pleine lune. La pleine lune les guide sur le pont du Danube, jusqu'au parc… pour faire l'amour, faire l'amour avant de se dire adieu ! Sur le pont du Danube, le mot « fin » s'est écrit… Il avait passé trois jours à Bratislava. Trois jours à l'attendre ! Irena, si tu veux me revoir, il te faut lancer une « grosse bouée » à notre histoire d'amour qui s'est noyée dans le Danube, du côté de Bratislava.

Tu es belle. Poprad a écrit les pages de notre « Romance » mais il faut se rendre à l'évidence… Seul ton travail occupe ton esprit, seul ton travail occupe tes pensées ! Mais, je ne veux pas revivre de tristes expériences passées… C'est comme un jour… ça s'en va, l'amour ! Bratislava… Catastropha ! Ma souffrance comptait les secondes ! Oui, tu es belle… Oui, j'étais passé d'une romance… à l'envie de t'aimer. Mais je vois que cela n'est pas possible… avec toi Irena. J'avais commencé à apprendre le slovaque… mais je n'en ai plus le goût. Je n'ai plus d'inspiration pour t'écrire des mots pour te séduire.

Le Prince avait visité bien des Princesses. A chaque visite, elles repoussaient ses avances. Alors le Prince « Jonathan » repartit vers d'autres contrées… dans les bras de Maria !

Les amants de Poprad

Poprad, le Prince « Jonathan » était à la recherche de sa nouvelle « Princesse. » Il cherchait une relation amicale avec quelqu'un de bien, et… plus si affinités !

Maria aime danser. Jonathan aime danser. Alors, ses sourires veulent lui faire vivre un moment « beau comme un rêve… » Un rêve pour deux en fermant les yeux. Il désire l'emmener faire un voyage sur la mer tendre et belle des rencontres amoureuses. Comme bagage, il leur suffit d'un peu de sérénité et d'une envie de bonheur. Peu importe le flacon, pourvu qu'ils aient l'ivresse. Peu importe leur Prince ou leur Princesse, pourvu qu'ils aient de l'amour. Peu importe le temps… pourvu qu'ils aient l'ivresse de l'Amour.

A ses sens, elle sut que ses dessous n'avaient point déçu. Et l'essence et le soûl furent quintessence suscitée jusqu'au bout au-dessus de l'errance de son pouls. La soie ondoyait, entre ses doigts, souple et légère à son toucher. Elle mettait en son cœur un émoi. Alors que Jonathan s'assoit sur le lit, le fourreau de sa langue enserre son sexe dans sa bouche. Maria aime donner du plaisir. Elle aime faire l'amour. Jonathan aime faire l'amour. Donne de l'amour, de l'amour il te sera donné. Il prend son corps pour le coucher sur sa couche et il s'empresse de goûter le fruit de son sexe. Au gré des errances de sa bouche, sa vision se nourrie d'imagerie nourrissant la charge de ses émois, suscitant les voyages de son sexe. Avec la palette des positions, il peint l'amour. Elle le prend. Elle l'accueille. Ils emportent leurs corps vers le plaisir. Elle s'abandonne. Il s'abandonne. Ils soignent leurs maux, avec le remède du plaisir. Elle veut prendre du plaisir jusqu'à sa jouissance. Les lames de fond s'inscrivent sur les lignes de son visage. Ses yeux se reposent au sommet de son plaisir. La réalité prolonge le rêve.

Il n'est point besoin de lui offrir ces dés du jeu de l'amour. Chaque soir est un nouveau soir. Chaque instant qui leur est donné, est un nouveau moment de tendresse. Comme lui, elle aime recevoir et donner de l'Amour. Elle prend son sexe comme un rêve de bonheur jamais apaisé. Il lèche et, pénètre son corps, pour lui donner de plus en plus de plaisirs inassouvis. Chaque moment d'amour physique, d'amour charnel, elle l'emporte, elle les emporte un peu plus vers le point du plaisir commun. Les dés de l'amour ne sont que prétextes. Parce que chaque moment propice pour l'union de leurs corps les emporte vers de nouvelles positions pour un nouveau plaisir, comme si le « rêve » devait mourir demain. Demain est un autre jour… Saisis ce bonheur qui te permet d'oublier les heures. Le verbe aimer n'est bon qu'au présent. Maria, goûte à ce plein bonheur que Jonathan te donne, comme par erreur, quand tu ne l'attendais plus… Maria, tu seras de plus en plus amoureuse, laisse toi porter par cette vague de bonheur…

Maria… Je t'envoie cette lettre pour te dire, que j'ai été très heureux de cette rencontre avec toi…

Ryba – Poprad, Maria, merveilleuse rencontre.
Tu aimes danser. J'aime danser.
Tu aimes l'Amour. J'aime l'Amour.
Mais je ne parle pas le slovaque… Je ne suis pas Slovaque ! Je suis Français !!

Maria, une belle femme, tu aimes recevoir de l'affection… et de l'Amour. Tu le mérites.

Aujourd'hui… ma vie s'écrit « voyage ! » Demain est un autre jour !

Aujourd'hui… Poprad, Slovaquie. Mais demain ?

Demain… France, Europe, Afrique, Amérique, Asie… ?

Je ne peux rien te promettre Maria.

Je ne veux rien te promettre Maria.

Je pense qu'un homme bien existe à Poprad !

On recherche parfois une chose, ou quelqu'un, qui est prêt de soi, mais que l'on ne voit pas.

Je te confie mon secret, pour toi Maria :

« L'essentiel est invisible pour les yeux. »

Très heureux de ces sept nuits passées en ta compagnie, avec toi Maria.

Le chiffre « 7 » porte-bonheur… parce que Dieu a créé le Monde en six jours, et se reposa le septième jour (La Genèse)

Le chiffre « 7 » est un porte-bonheur pour toi, Maria !

« Bonne chance pour ta vie… »

Peut-être un autre jour… dans Poprad !

Si tu veux ! Si tu es libre ! Si je suis libre !

Cajka – Jonathan Livingston, Jonathan le Goéland…

(Pour Maria… de la part d'un « Jonathan français ! » En souvenir de nos sept nuits d'Amour à Poprad)

Quand tu auras lu ce livre, « Cajka », certes tu auras compris une partie de ma vie d'aujourd'hui. Mais cela n'est pas le plus important. Le plus important, c'est le sens de ce livre.

Quand il ne fera pas beau dans ta vie… tu pourras relire des passages de ce livre. Alors, le soleil reviendra dans ta vie, Maria.

Parce qu'après la nuit… toujours le jour revient ! Après la pluie… toujours le soleil revient ! Après les jours tristes… toujours les jours heureux reviennent !

(Baisers pour toi… Maria, d'un « Jonathan Français. »)

Curieusement, avec toi, Maria, est revenu en ma mémoire une certaine idée du bonheur, un sonnet, de Christophe Plantin (1514-1589), inscrit sur un mur de Leiden aux Pays-Bas :

Le bonheur de ce monde.

Avoir une maison commode, propre et belle,
Un jardin tapissé d'espaliers odorans,
Des fruits, d'excellent vin, peu de train, peu d'enfans,
Posséder seul, sans bruit, une femme fidèle.

N'avoir dettes, amour, ni procès, ni querelle,
Ni de partage à faire avecque ses parens,
Se contenter de peu, n'espérer rien des Grands,
Régler tous ses desseins sur un juste modèle.

Vivre avecque franchise et sans ambition,
S'adonner sans scrupule à la dévotion,
Dompter ses passions, les rendre obéissantes.

Conserver l'esprit libre, et le jugement fort,
Dire son chapelet en cultivant ses entes,
C'est attendre chez soi bien doucement la mort.

Poprad… Rien que pour le geste… Aimer… et s'en aller ! Maria, pour toi… plein de beaux jours et de belles nuits… comme un « rêve. » Que mes yeux, et mes sourires puissent te donner de l'inspiration pour commencer à apprendre le français…

O' Maria… « l'étincelle slovaque » de mon cœur !

M comme Milovat (Faire l'amour),
A comme Anjel (Ange),
R comme Rozkos (Plaisir),
I comme Iskra (Etincelle),
A comme Ahoj ! (Salut !)

J'ai passé deux fois sept nuits à faire l'amour avec un ange. J'ai passé deux fois sept nuits de plaisir avec toi, Maria. Comme une étincelle, tu es entrée dans mon cœur.

Sur mon chemin de légende personnelle, Maria est un « bon rêve. » Ahoj ! Maria.

Demain n'est pas écrit !
Je ne sais pas.
Demain est un autre jour !
Mais je garde une petite place dans mon cœur… pour toi, Maria.
Je sais qu'on ne sait pas… Mais ça je le sais !
Je me souviens.
Je n'oublie pas.
Auprès de toi, Maria j'ai goûté un peu de la vie slovaque !
L'Amour de Poprad est entré dans mon cœur.
A l'issue de ce séjour de l'innocence et du bonheur passé en Slovaquie,
J'ai deux amours : Mon pays et la Slovaquie.
J'ai deux amours : Paris et Poprad.
Paris, mon amour, Poprad moja laska.
O' Maria !
C'est comme la première neige et le premier printemps.
C'est comme la première fois.

Je te dis au revoir les yeux tout trempés.
Je suis venu à toi par tout un jour de patience.

O' Slovaquie, je te dis au revoir les yeux tout trempés.
O' Poprad, je te dis au revoir les yeux tout trempés.
O' Maria, je te dis au revoir les yeux tout trempés.
O' Maria !

Alors que je vais te quitter.
Il va y avoir comme un trou dans ma vie…
Je m'en vais vers un autre pays,
Au large de nos vies…

O' Maria… « l'étincelle slovaque » de mon cœur !
Puisque tu sais le temps qu'il m'a fallu
Pour venir jusqu'à ta porte,
Ne me tiens pas rigueur.
Je reviendrais en Slovaquie.
Je reviendrais à Poprad.
Je reviendrais vers Maria !
Je te laisse une part de mon cœur à Poprad…
Ce n'est qu'un Au-Revoir !
Au-revoir… Maria !

Prends soin de toi.
Fais attention aux signes :
Parfois… « le vol de Jonathan » passera au bord de la fenêtre de ta chambre. Et il te sourira…
Alors tu apercevras ses yeux et sa bouche…
Comme un « Bon Rêve »,
Comme un « Beau Rêve »,
Comme un « Cadeau français. »
Maria… Jonathan te couvre de baisers.
Posta pre teba ! Postée pour toi !
Lubim te ! Je t'aime !

(Lettre d'un « Au Revoir » à Maria, de Jonathan)

Comme les premières neiges, en lettres blanches, dans la fraîcheur du charme de l'Automne, le mot « FIN » s'inscrivit sur les « Tatras »… Alors, « Jonathan » repartit sur les routes du Monde… vers de nouveaux chemins aventureux !

Table des matières

Achevé d'imprimer en France
Protection IDDN